新　潮　文　庫

朱　く　照　る　丘

—ソナンと空人４—

沢　村　　凜著

新　潮　社　版

11368

輪笏《わしゃく》全図

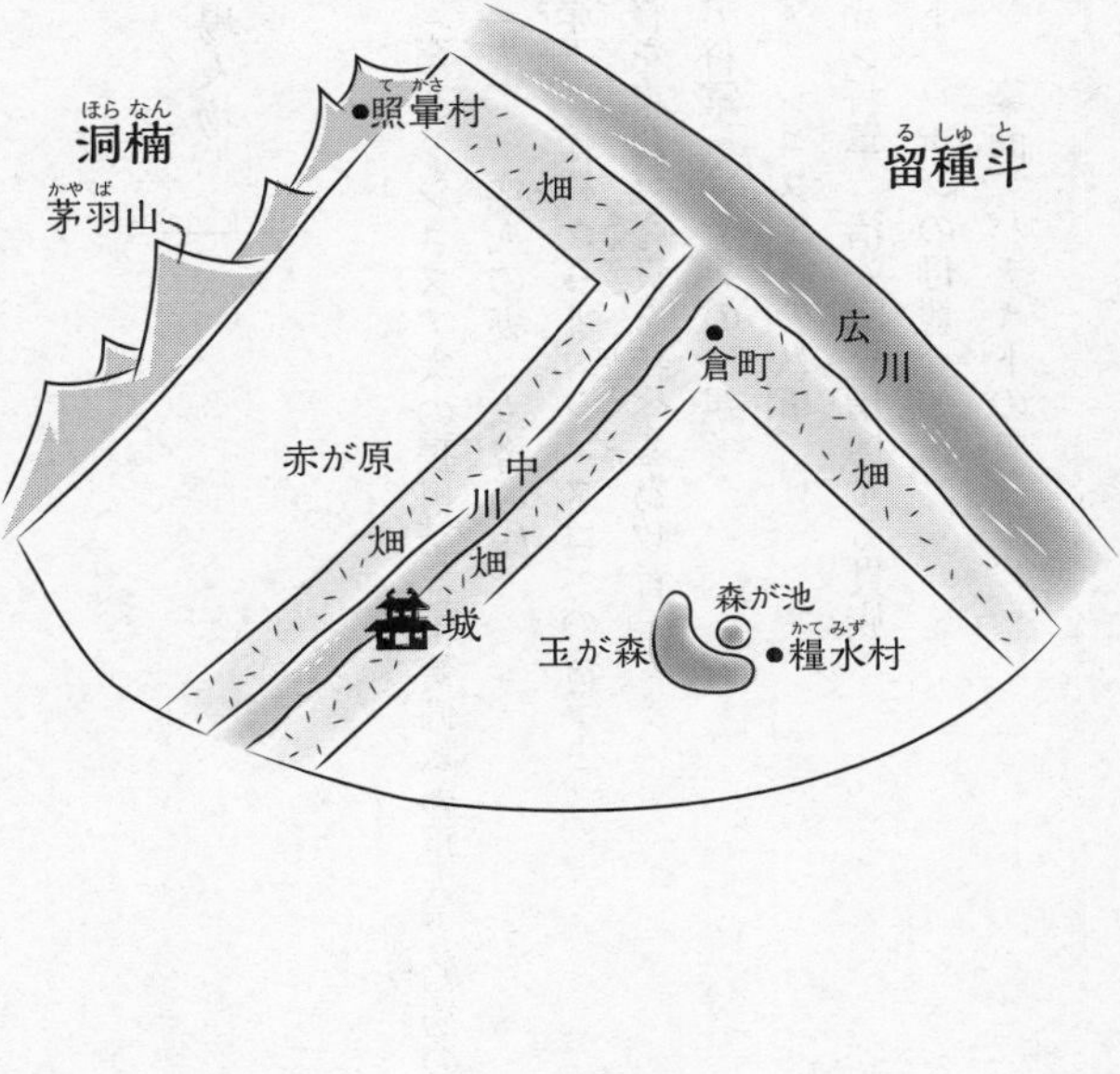

地図制作　アトリエ・プラン

登場人物

ソナン（空人《そらんと》）　シュヌア家の長男。都市警備隊の軍人。輪笏《わしゃく》の督《とく》。
七の姫（ナナ）　空人の妻。六樽《むたる》の娘。
家人《いえんと》・岸士《きしんし》　輪笏からトコシュヌコへの留学生。
六樽　督を束ねて弓貴《ゆんたか》を統《す》べる為政者。
シュヌア将軍　ソナンの父親。
ヨナルア　シュヌア家の執事。
クラシャン将軍　治安隊を指揮する貴族。
パチャト　ソナンの母親。
ナーゲン　豪商。パチャトの夫。

ホルノ　シュヌア領の管理人。エイブ家の家長。
ウホル・サクハ　治安隊に追われる手配書の男たち。

朱く照る丘

ソナンと空人4

I

シュヌア家の長男ソナンは、単身騎馬で、田舎道を進んでいた。

急ぐ旅ではないので、並足《なみあし》だ。道は森に沿ってつづいており、葉擦れと鳥の音《ね》を聞きながらの道行きだった。

キキーと近くで甲高い声がした。何の鳥だろうと森のほうに目をやったが、葉を茂らせた枝や太い幹、生い茂る下草で、見通しがきかない。

ああ、トコシュヌコの森だと、ソナンは思った。

森と反対側には、麦畑が広がっている。秋穫《あきど》れの品種が実りの時を迎えて、黄金色の穂が風に揺れている。まるで、朝焼けにきらめく海のようだ。馬をとめていつまでも見惚《みと》れていたい——というほど心を打たれはしないが、美しいことは美しい風景だった。

頭上には、縁だけ白い灰色の雲が、流れてきては飛び去っていた。もうすぐひと雨くるかもしれない。

そうしたすべてに違和感も引っかかりもなく、心身がなじんでいることに、ソナンはもはや何の感慨もおぼえなかった。

生まれ育った場所と異なる風土をどんなに愛し、そこから引き剝《は》がされたことをどんなに嘆き悲しんでも、元の風土はたちまち五感を手懐《てなず》ける。否《いや》も応もない。人はみな、きっとそのようにできているのだ。

同様に、安下宿の一人暮らしにすっかり落ち着き、何の不足も感じていなかったのに、生家に戻ると、貴族の暮らしにすぐにしっくりおさまった。まさに、「元の鞘《さや》に収まった」というふうに。

そうして、三カ月後にはもう、父の代理で領地に赴くという、貴族の子弟にありがちな用事で旅をしている。トコシュヌコの田園地帯によくある景色に囲まれて。

雲の流れが速いので、森も畑もめまぐるしく明るさを変えた。森は、命の豊潤さを讃《たた》えるように緑色に輝いたかと思うとたちまち、野獣の隠れ家らしい薄暗さを取り戻す。麦畑に並ぶ無数の穂は、燃え立つような金色を放ったすぐ後に、一面の影の中で色を失い、巣穴でうごめく昆虫の触手めく。

その変化に、馬が脚の運びを乱さないのと同様に、ソナンは眉《まゆ》ひとつ動かさない。弓貴《ゆんたか》にはなかった革製の鞍《くら》は、彼の尻《しり》によくなじみ、ひと月の下宿代より高価な絹の下着は、からだの一部であるかのよう。

そうしたすべてが、眠気をもよおすほどに当たり前だった。まるで、八年にも及んだ勘当の日々――父のいうところの「逸脱」が、一夜の夢だったとでもいうように。八年間、生まれ育った家を離れ、うち二年余は生まれ育った国さえ離れて、息つく暇もない冒険に明け暮れた。

あれを、冒険と呼んでいいのだろうか。

いいような気がする。三年に満たないあいだの出来事とは信じられないほど、さまざまなことが起こった。この国を去ることになったあの日に飛び込んだのは、まっすぐ流れる川ではなく、渦巻きだったのではと思えるほど、ぐるぐるとめぐるめく濃密な日々だった。

そこから海の旅を経て、本来の身分とちがう社会で生きることになるまでにも、いろいろあった。彼自身はもっぱらじっとしていたが、命の瀬戸際《せとぎわ》から家畜小屋へと運ばれた。家畜小屋のような宿舎に。

宿舎から下宿、下宿から下宿へ転々とした日々は、比較的平穏に過ぎたのだが、時に、嵐《あらし》のような試練や、ものごころついたときからずっと、彼には思い出も残さずに死んだと信じていた母親が、色気の漂う蓮《はす》っ葉《ぱ》な口調で現れるといった驚嘆すべき出会いがあった。

そんな日々も唐突に終わった。彼は生まれ育った屋敷に戻り、長く不在だったことが嘘《うそ》のように、シュヌア家の長男の役目をこなしている。不在になる前には一度もうまく担《にな》うことのできなかった役目を。

八年ぶりに会う父親は、それなりに年をとった顔をしていたが、ほかは変わっていなかった。あいかわらず、厳《いか》めしく、威圧的で、一人息子への視線は厳しい。

変わったのはソナンだ。それに少しもびくつかなくなった。

八年の経験の賜物《たまもの》だろうか。それとも、この人が、恋に溺《おぼ》れたこともある、ふつうの男だと知ったからか。

ソナンにとって父親は、つねに手の届かない高みにいた。自分はどれだけがんばっても、この人の足もとにも及ばないのだと思っていた。

けれども今ではひとつだけ、「勝った」といえることがある。

結婚だ。

ふたりとも、本来ならばいっしょになることが許されない相手に恋をした。どうしても手に入れたくて、万難を排して夫婦になった。そんな相手と、ソナンは運命に引き離されるまで幸せに暮らしたが、父は無惨《むざん》に離別した。

当然の結果だと思う。どうしてこれほど合わない相手を選んだのかとあきれるほどに、父と母は水と油だ。

もっとも、ソナンにそれがわかるのは、油の成分を濃く引き継いだ彼自身が、水の父親とふたりきりの生活で、合わないことを突きつけられつつ育ったからだ。まだ若かった父に、わかれというのは酷かもしれない。

けれども、ソナンはそんな失敗をしなかった。彼が直感的に選んだ相手は、七の姫だった。

ふたりの夫婦生活がうまくいっていたのは、彼の手柄ではなく、妻の努力のたまものだろう。それでも、そんな女性を選んだのは、彼なのだ。ああ、ナナが恋しい。

ソナンは、馬が耳をぴくりと動かすほど太い息を吐いた。

父親への臆《おく》する気持ちが消えると、屋敷は存外、居心地のいい場所だった。華美を嫌う主《あるじ》の好みに従って、執事のヨナルアがきっちりと管理しているからだろう。なにもかも、品良く、無駄なく整えられている。

その屋敷から、ソナンは毎朝、都市警備隊の詰所に出かけた。

勘当が解けたとき、近衛《このえ》隊に移るよう、将軍たちに言われたが、ソナンは警備隊に残ることを希望した。強く言い張ったわけではない。王都が安全な場所であることの大切さを訴え、自分はその仕事に向いている気がすると述べたら、希望が通った。

おそらくソナンの理屈より、彼の軍歴において、警備隊にいるときだけまじめだったことが、ものを言ったのではないだろうか。ソナンをその意に反して近衛隊に戻したら、以前のような不心得者に戻ってしまうかもしれない。それをおそれての譲歩だろう。

貴族で士官となったソナンは、詰所の長を飛び越えて、いくつかの詰所を束ねる方面隊長となった。執務室でふんぞりかえっていればいい地位だったが、ソナンは毎日、担当する詰所のすべてに足を運び、時には平隊員といっしょに見回りに出た。

ソナンが細かいことには口を出さない頼もしい同行者だと知っている隊員らは、そんな方面隊長を煙たがったりしなかった。ちくちくと文句を言ってきたのは、ほかの方面隊長たちだ。やらなくてもいい仕事に精を出す者がいると、自分たちが怠けているように見えてしまうと警戒したのだ。

そこでソナンは、一人ひとりを訪問した。先輩への表敬に来たと手土産を渡し、自分がどんなに現場の仕事が好きかを語った。現場のことは現場の者に任せるべきで、それでこそ立派な隊長なのだとわかっているが、自分にはまだそれができない。いつかはあなたのようになりたいのだが——とへりくだり、友好の握手をして別れた。

それからは、貴族の嫡男《ちゃくなん》なのに都市警備隊にいる変わり者なのだから、仕事への取り組み方が変わっているのも無理はないと、気にされないようになった。

やりたいことを通すには、しゃにむに突き進むより、説得や懐柔で周囲の了解を得るほうがうまくいく。警備隊に残ることも、執務室にこもらず現場に毎日出向くことも、やむにやまれぬほどやりたいことではなかったが、ソナンはすでに、知恵者の家来に手伝ってもらわなくても、これくらいのことは自分でできるようになっていた。

父親は、息子のそうした言動を耳に入れているのか、いないのか、あいかわらず向ける視線は冷ややかながら、口を出したり忠告したりはしなかった。

そもそもふたりは、この三カ月、ほとんど言葉を交わしていない。

ソナンは屋敷に戻ったとき、かつての不品行と八年の不在を詫《わ》びた。父親は、「逸脱により失った日々を取り戻せるよう励みなさい」と、訓辞を垂れたが、それ以後は、ソナンのやることに口をはさまなかった。家を離れていた日々のことを尋ねないから、ソナンも何も話していない。生き別れた母に会ったことも、秘している。

毎日食卓で向かいあい、同じものを食べていても、ふたりは終始無言だった。貴族の父子として、それほどおかしなことではない。また、弓貴で厳粛な儀式に出席しなれたソナンにとって、沈黙の中での食事は、苦痛なものではなくなっていた。

その沈黙が、数日前に破られた。父は少し長い話をして、ソナンに領地行きを言いつけた。長いといっても、食後の茶が冷めるまもないほどのものだが、訓辞の伴った話だった。

シュヌア将軍は、忙しいため、この秋には領地に顔を出せそうにない。行かなくても、代理人が万事に目を配った管理をして、一定の金を送ってきているので問題はないのだが、領主たるもの、各季に一度は足を運ぶべきである。地位のある人間は、形式的なことといえども、ないがしろにしてはならないのだ云々《うんぬん》。

「承知しました。父上の代理として、領地に行ってまいります」

父好みの重々しい口調で答えると、シュヌア将軍は満足したようにうなずいた。

父が忙しいというのは事実だろう。〈大交易時代〉になってから、隣国との戦争は起こっていないが、世のありさまがこれからどうなるのか、先行きは見通せない。中央世界では、いまは戦争より交易だと、どこの国もせっせと商船を走らせているが、その流れがいつまた変わるか、確かなことは誰にも言えず、備えを怠るわけにはいかなかった。

そのうえ、これまで交流のなかった地域から、耳新しい戦法や、目新しい戦道具が入ってきていた。次に戦争が起こったとき、いままでのやり方が通用しないかもしれない。新しい戦法を調べたり、取り入れるべきものを取り入れて、使えるように訓練をほどこしたりが必要だ。そんなこんなで将軍たちは、これまで以上に忙しくしているのだと、ソナンは聞き知っていた。士官にして貴族ともなると、それくらいの話は自然に耳に入るのだ。

とはいえシュヌア将軍が、恒例の領地訪問を妨げられるほど多忙かというと、そんなことはないだろう。父がソナンにこの役目を託したのは、ようやく帰ってきた息子に、貴族の子弟らしいことをさせたかったからにちがいない。

領地の運営は、ほとんどの領主が代理人に任せているが、良い代理人はめったにいない。ちょっと目を離したら、収穫物を横領したり、管理を怠って農地を荒らしたり。甚だしい場合には、横暴な君主のようにふるまって、領民が恨みをつのらせ暴動を起こすこともあり、頭を痛める貴族が多かった。

シュヌア家はその点、恵まれており、三十年前から二代にわたって代理人をしているエイブ家の者は、一度も問題を起こしていなかった。任せておけば安心で、このまま代を重ねていけば、輪笏《わしゃく》の城頭のような家系になるのではと、ソナンは遠い異国のことを思い浮かべた。

おかげでシュヌア家の領地訪問は、ごく簡単な仕事だった。領地まで行って、領主館に一泊し、エイブ家のいまの当主で代理人であるホルノから報告を受けつつ、帳簿をざっとながめるだけだ。

そんな簡単な用事さえ、なにひとつまともにできない放蕩《ほうとう》息子や、〈逸脱〉により不在となった息子には、任せることがかなわなかった。いまやっと、「行ってこい」と言えることに、父は安堵《あんど》し、喜んでいるのかもしれない。

こっそりと、ヨナルアに尋ねてみたら、「もちろんです」と首肯した。「口にも顔にもお出しになられませんが、たいそう喜んでおられますよ」と。

もしかしたら、無言とはいえ向かい合って食事をすることにも、父は喜びを感じているのかもしれないと、馬に揺られているうち、ソナンは気がついた。なにしろ父は八年間、ひとりで食卓についていたのだ。八年間、あのがらんとした屋敷に、ひとりで暮らしていたのだ。

恋に溺れたこともある、ふつうの人間である父親は、さびしいという気持ちをもつこともありえるのだと、そのときソナンは、生まれて初めて思い至った。

つつっと右頬を水滴がすべった。涙ではない。それほど深い物思いはしていなかった。ついに雨が落ちだしたのだ。ソナンは馬を急がせた。

雨はたちまち本降りになり、前方から叩《たた》きつけてきた。思っていたより激しい降りだ。用心のため雨除《あまよ》け外套《がいとう》をはおっていたし、馬も雨に慣れている。道はすでにシュヌア家の領内に入っており、領主館までいくらもないので、そのまま突っ走るつもりだったが、気が変わった。どこかで雨宿りさせてもらおう。前方の空はほのかに明るい。長い雨ではないだろう。

ソナンは森に入る小径《こみち》を見つけて、馬をそちらに進ませた。木々の下に入っただけで、雨がずいぶんしのぎやすくなった。

馬を並足に戻した。物陰の多い場所で慎重になる習性は、弓貴での戦と都市警備隊の見回りで、骨の髄までしみ込んでいる。雨宿りの場所をさがすというより、敵の待ち伏せを見破ろうとするような目であたりをうかがっていたところ、雨に煙る森の中、木立ちに隠れるように立つ一軒家を見つけることができた。

それは、小屋と呼んでいいような小さな家だった。屋根には落ち葉が積もり、苔《こけ》と蔦《つた》とに半ば覆《おお》われた木の外壁は黒ずんで、周囲の老木にすっかり紛れている。

近づいてみると、隠者の住《す》み処《か》ではなさそうだった。小径からは見えづらくても、反対側には小さいながら畑があり、炭焼き窯《がま》もそびえていた。人の営みが感じられる情景にほっとして、ソナンは一軒家の扉をたたいた。

中から子供の泣き声が聞こえてきた。幼児だろうか、火がついたように泣いている。

「びーびー、うるさい。静かにしな」

いらだたしげな声がしてから扉が開き、声の印象どおりの女が顔を出した。疲れて、不機嫌で、がっしりしたからだつきの、肌の荒れた三十代。女は、扉の外に見知らぬ人間が立っていたことにたじろいだような顔をしたあと、険のある目で、ソナンを上から下までじろじろと見た。

身の置き所のない気分になって、ソナンは自分の思いつきを後悔した。どうしてまっすぐ領主館に向かわなかったのだろう。知らない家にふいに立ち寄るなど、まるで輪笏の督の空人《そらんと》がやることではないか。

「何の御用ですか」

点検を終えた目から険がとれ、右手が扉の陰でつかんでいた何かを離した。トコシュヌコの服装は、弓貴ほど一目で身分の知れるものではないが、ソナンの簡素な旅姿からも、悪事をおこなう流れ者でなく、敬意をもって接しなければならない訪問者だとわかったのだろう。

とはいえ、その顔つきは不機嫌なままだ。扉のすきまから、すすり泣きに変わった子供の声と、さまざまな臭気が入り混じった空気が流れ出ている。適当な口実があれば踵《きびす》を返して立ち去りたかったが、何も思いつかなかった。こんな場所で、家を間違えたと言うのもおかしいだろう。しかたなく、当初の予定に従った。

「雨宿りをさせてはもらえないだろうか」

女は迷惑そうに眉をひそめたが、「どうぞ」と言って、ソナンが連れている馬に目をやった。

「お馬は、そこの椎《しい》の木の下につないでおけば、あんまり濡《ぬ》れずにすみます」

ソナンは、馬をつないで家の中に入った。

「どうぞ」

女はソナンに、炉のそばの椅子《いす》をすすめた。すわってみたが、炉には火が入っておらず、濡れたからだが冷えてきた。

女は、部屋の隅の低い寝台にすわっている二人の幼児――男の子と女の子。男の子のほうは、すすり泣くのをやめて、こわごわとソナンの顔をうかがっていた――に目をやったあと、困ったようにあたりを見ながらぐるりと回り、ソナンのほうを向いたところで動きを止めた。手を腹の前で組み、はなしてふたつの拳《こぶし》にし、右手で左手を握り込み、その反対の順に重ねなおして、口を開いた。

「すみません。何もお出しできるものがなくて」

からだを拭《ふ》く乾いた布の一枚も、渡してくれる気はないようだ。ソナンも頼む気になれなかった。家の中のものは何もかも、子供の顔まで、うっすらと煤《すす》けている。

「かまわない。雨宿りさせてもらえるだけで、ありがたい」

女はほっと息を吐き、さらに遠慮がちに言った。

「手仕事に戻っても、よろしいでしょうか」

「もちろん」

女は、ひとつだけ開いている窓のそばに腰を下ろした。雨が降り込まない側なので、明かり取りに開けてあるようだ。近くには、木片が山になっている。女はそれを手に取ると、複雑な形に組み合わせていく。何を作っているのかわかるほど、女の手元は明るくない。

ソナンは、火の気のない炉に目をやった。炭焼きを生業《なりわい》にしているようなのに、どうしてこんな肌寒い日に、くず炭のひとつもくべないのか。

幼児は、寝台の隅でぼろ布にくるまっている。女もときどき、手にはーっと息を吹きかける。

明かりも暖も、これほど始末しているのは、女がひどく悋気《りんき》だからか。それとも、そこまで貧しいのか。

女手ひとつで幼児を育てている極貧家庭——というわけではなさそうだった。男手なしに炭焼き仕事はできないし、見上げると、梁《はり》の隅に、粗末な冬用の外套が七、八枚掛かっている。それが家族の人数だろう。男ものも、十を超えた子供のものもあるようだ。夫と年嵩《としかさ》の子供はきっと、森の中に仕事に出かけているのだろう。

それとも、子供は学校か。こうした田舎の子供たちは、学校に行っているのだろうか。そもそもこの地域に、学校はあるのか。

王都には、街区にひとつは学校がある。貧しい家の子供らは、遊びや賃仕事のためさぼりがちだが、簡単な読み書きと計算くらいは習い覚える。けれども、王都の外でどうなのか、ソナンはまったく知らなかった。

「えっ」と、思わずソナンは声をあげた。女が驚いて彼を見た。木片が、がっとすべり落ちる音がした。

「いや、なんでもない。すまない、仕事のじゃまをして」

女は無言で作業を再開した。幼児はじっと、彼を見ている。ソナンは狼狽《ろうばい》をけどられないようにうつむいて、右手を口にあてた。心臓がどくどくと音をたてていた。彼は心底驚いたのだ。このあたりに学校があるかどうかを知らない自分、知らないことを気づいてさえいなかった自分自身に。

ここは、シュヌア家の領地だ。この家族は、領民だ。そしてソナンは、シュヌア家の当主の嫡子だ。

それなのに、この地のこと、人々の暮らしのことを、何ひとつ知らなかった。関心をはらってもいなかった。

空人とソナン。その実は同じ人間なのに、領民に対して、どうしてこれほどちがう態度でいられたのか。

おそらく、ソナンにとって領地とは、たまに訪れる田舎にすぎなかったからだろう。シュヌア家の収入の拠所《よりどころ》でもあるけれど、父親は、領地経営に精を出すのは、はしたないことだと考えていた。貴族は、国王から領地を賜り、そのかわりに任務を負う。領地からの収入で身分にふさわしい暮らしを支えたら、それを増やして贅沢《ぜいたく》をしようなどと考えず、任務に――父親の場合、将軍という仕事に――専念するのが、あるべき姿だというのだ。

何か問題が起こっているのでもないかぎり、領地になど関心をもたないほうがいい。そんな父の心構えが、知らないうちに、ソナンにも備わっていたのかもしれない。今日まで、それでうまくいっていた。華美を嫌い、社交に背を向けているシュヌア家では、使いきれなかったぶんが年々貯《た》まっているくらいなので、収入を増やす必要はなく、農民からの徴収に厳しい率は課していない。そのうえ代理人が優秀だから、領地の運営は問題なく回っているはずだった。

だがここに、少なくともひとつ、ひどく貧しい家庭がある。この家だけの特別な事情によるのかもしれない。暮らし向きはこの程度でも、ほかの家々は、こんなに殺伐としていないのかもしれない。

だが、そうだとしても、ソナンがこれまで、領地の人たちのことを一度も考えなかったことに、変わりはない。輪笏の城頭と領地の代理人を、ちょっと重ねてみたりはしたが、それ以上に思いが進まなかった。

弓貴で、輪笏という支配地を貰《もら》ったとき、誇らしくて、嬉《うれ》しくて、その地を立派に治めようと心に誓った。だが彼は、とっくにそうした立場にいたのだ。シュヌア領という地を、いずれは立派に治めなければいけない人間として、生まれていたのだ。

この国を一度去るまでの愚か者が、そうしたことをまるで考えなかったのは当然として、輪笏であれほど駆け回り、人々の暮らしを良くしていこうと奮闘した彼が、勘当が解けて屋敷に戻ってからも、領地のことを一度も考えなかったのは、あまりにうかつだ。督と領主は、立場やあり方がずいぶん違うが、領民の暮らしに責任があるという点では同じではないか。どうしてそれに、こんなに長く気づかずにいたのか。

悔しくて、情けなくて、涙がにじんだ。これまでさんざん後悔や反省をして、ずいぶんまともな人間になれたと思っていたのに、まだこんな、自分の過《あやま》ちを呪《のろ》いたくなることが残っていたとは。

だが、くよくよしていても、しかたない。

ソナンは顔を上げて、女を見た。何か困っていることはないか。そう尋ねようと思った。

その前に、彼が領主の息子であると明かすべきだろうか。

どちらとも踏ん切りがつかないまま、ソナンは黙って女を見ていた。

最初に感じた苦手意識のせいだろうか。それとも、家の中のじめじめとした空気が、彼をためらわせるのか。

女が急に手を止めた。首をめぐらして彼を見た。まさか、心の声が聞こえたのか。困ったことはないかと、聞きたいのにそうできずにいることを悟られたのか。

薄気味悪さにぞくりとした。女は、ためらいがちに口を開いた。

「あの、お客人」

「なんだ」

「雨があがったようです」

言われてみれば、屋根の上の枯れ葉を叩く音がやんでいた。ぽたりぽたりと雫《しずく》の垂れる音は、まだ盛大に響いているが、樹冠にたまった水が落ちているのだろう。

「そのようだな。世話になった」

女に暮らし向きを尋ねる気は失《う》せていた。いまは一刻も早く、この家を立ち去りたい。

だがその前に、雨宿りの礼として、小銭を渡すべきではないか。それとも、水一杯、乾いた布一枚、出されてはいないのに、そんなことをしたら、恐縮させてよくないか。どうしようかと考えながら、肩の後ろに目をやった。そこに誰かが控えていて、そうした後始末をやってくれそうな気がしたのだ。もちろん、トコシュヌコの湿った森の一軒家に、世情に詳しい案内役の手兵や、気のきく陪臣がいるはずはなかった。

女が不安げに彼を見ていた。

「世話になった」ともう一度言ってから、家を出た。女が外までついてきた。見送りがてら、このよそ者がきちんと立ち去るのを見届けたいのだろう。

馬は、地面に首を伸ばして濡れた草を食べていたが、ソナンが近づくと頭をもたげた。おかげで、胸の中のもやもやの解決策が見つかった。腰袋から小銭をつかんで女に差し出す。

「馬の餌《えさ》と雨宿りの礼だ」

女は釈然としない顔をしながらも、遠慮するそぶりもみせずに受け取った。


来た道を引き返さず、森の奥へと馬を進めた。小径はつづいているのだから、いずれどこかの村に出るだろうと踏んだのだ。

思った通り、道はやがて木立ちを抜け、左右に畑が見られるようになった。よく手入れされた、豊かな実りが見受けられる畑だった。

馬一頭通るのがやっとだった細道が、他の道と合流して太くなり、馬車とすれ違うようになってまもなく、二、三十軒の家がかたまっている場所に出た。茶屋も一軒あるようだ。馬をおりて立ち寄ろうか。それとも、道端にいる人に話しかけようか。

雨が上がったからだろう。戸や窓の開いた家の外には、干し野菜を軒下に吊《つ》るしなおす女や、畑に出かけるらしい男など、けっこうな数の人がいた。彼らは一様に、不審げなまなざしをソナンに向けた。

結局、馬の足をとめることなく集落を抜けた。ソナンと彼らの間には、強絹《こわぎぬ》よりも破りがたい見えない膜があるようで、どうしても声をかけることができなかったのだ。

それに、エイブ家に断わりなく、領民の暮らし向きを知ろうとしては、いけない気がした。

理屈からいえば、そんな気兼ねは無用だろう。彼らは代理人で、ソナンは領主の家柄。何をしようと勝手だし、多くの貴族は代理人のやることを、鵜《う》の目鷹《たか》の目で探っている。

だが、シュヌア家は三十年間、エイブ家に領地の運営を任せてきた。彼らはその信頼に応《こた》えてきた。悪い噂《うわさ》が耳に入ったというのでもないのに、いきなり頭越しに調べまわるのは信義にもとる。

こんな遠慮は、トコシュヌコ人らしからぬものだろうか。

しばらく進むと、もとの道に出た。ソナンは馬を領主館のほうに歩ませながら、考え事をつづけた。

〈お忍び〉中の輪笏の督の空人だったら、ここまでの道のりで、どれだけの人と言葉を交わしていただろう。だが、ここはトコシュヌコ。彼は領主の息子のソナン。その違いが、彼の口と心を重くしていた。

いや、いちばんの違いは村人たちだ。最初の家で感じた胸苦しさを、濡れた屋根が陽光に輝く家々からも、ソナンは感じた。人々の表情はどことなく荒《すさ》んで、ざらざらしていた。

輪笏にも貧しい村はいくつもあった。水の乏しいことを考えたら、あちらのほうが厳しい暮らしといえるかもしれない。けれども、彼らはあんなふうではなかった。もっと、こう――。

頭をうんと絞っても、その違いを表す言葉がみつからなかった。けれども輪笏でも、あの感じに似たものを見たことがあるのを思い出した。

洞楠《ほらなん》の池から水を引く工事の現場でのことだ。ほんとうにこんな荒れ地に畑がひらけるのかと、不安になりはじめたときの人夫たち。表情が荒み、互いにとげとげしくなって、仕事の進みも遅くなった。

あそこまで不穏ではないが、かけ離れてもいない。かといって、王都の荒れた街区に漂う暴力的なにおいとは異質な重苦しさ。

いずれにしても、見過ごしてはいけない兆候だ。それなのに、原因を調べるのに気が進まない。どうしてだろう。もしかしたら、また悪い癖が出て、都合の悪いことから目をそむけたがっているのだろうか。

自分の心をさぐったが、そうだとも、そうでないとも判断がつかなかった。

まあ、いい。とにかくいまは、領主館に急ごう。代理人に会って、帳簿を見て、すべてはそれからだ。

腹への軽いひと蹴《け》りで、ソナンの馬は、泥水を跳ね上げて走りだした。

「なかなかお着きにならないので、道中、何かあったのではないかと、心配しておりました」

エイブ家のホルノは、ソナンから手綱を受け取りながら、そう言った。

「途中で、雨に降られたので」

ソナンは言葉を濁した。木の下で雨宿りしたなどと、嘘をつくのは嫌だったが、領民の家に立ち寄ったことを打ち明けるのもためらわれた。

「それは難儀をされましたな。早く中で暖まってください」

ホルノは笑顔のままだった。少しくだけた親しみのある態度は、ソナンを子供のころから知っているがゆえだろう。ホルノはいつも、こうだった。年に四回、長くて数日の滞在を、できるだけ居心地良いものにしようと、心配りをしてくれた。

少し太ったようだ。顎《あご》など二重にたるんでいる。けれども笑顔は昔のままだ。

領主館の中は、すみずみまで暖かかった。早くから炉をたいていたのだろう。掃除もよく行き届いている。ふだんはすべての家具に布蔽《おお》いがかけられているはずだが、今回の滞在で使わない部屋まで、蔽いをはずされた椅子や机が、ずっと誰かが住んでいる屋敷のように配置され、それでいて、壁に飾られた絵画の額にいたるまで、ほこりはまったく積もっていない。どの部屋にも、花を生けた壺《つぼ》が置かれ、金属が冷たく感じる季節だからか、扉の取っ手は刺繡《ししゅう》のほどこされた布にくるまれている。

代理人の一家は、領主館のそばに家を構えており、シュヌア家の者が領地を訪問するとの連絡を受けると、領主館の窓を開けて風を通し、掃除をし、寝台を整え、寒い時期には火を焚《た》いて、待っていてくれるのだ。

台所のほうからいい匂《にお》いが漂っていた。食事の支度も整っているようだ。

子供のころ、ここに来るのが好きだったことを、ソナンは思い出した。子供時代が、ただ暗くしんとした、長い廊下のような日々ばかりではなかったことも。

ホルノの妻の給仕で夕食を終えてから、ソナンは書斎でホルノと向かい合ってすわり、帳簿に目を通した。

あやしいところは見当たらなかった。むしろ、代理人の仕事は、これほど多岐にわたっているのかと驚いた。

一口に、領民から税をとって送金するといっても、シュヌア領には、輪笏の半分近い数の住人がいる。その人数を正確に把握して人頭税をとるだけでも、かなりの手間だ。そのうえ、商人や工芸に携わる者には、商売の規模に応じての税がある。

ここまでは現金《キニッ》での徴収だが、森や畑で生きる者からは、取れ高に応じて現物を集めることになる。その年に、どこの畑でどれだけの作物が実ったかを調べなければならないし、運搬のため人足を雇い、売却にあたっては商人と値段交渉をし、不正のないよう目を配る。こうしたこと全般に、王宮の定めた規則に違反することがないよう気をつけることも必要だ。

さらに、すぐに支払わない者への督促や取り立て。領内の寺院への寄進。宗教行事への領主に代わっての参加。道が荒れたので普請《ふしん》が必要となれば、近隣の者に賦役《ふえき》を課すとともに、必要な費用を出したり、工事の仕上がりを確認したり。

もちろん、ホルノ一人ですべてをこなせるわけはなく、こうしたことを実際におこなう確かな人間を雇って、指示を出し、適切におこなったかを確認し、給金を払い、それを記録にとどめる。まるで、勘定方の役人の仕事を、エイブ家だけでやっているようなものだ。ホルノは子沢山で、上の子たちはソナンと同年代だから、すでに家業を手伝っているだろうが、それでも大変な量の仕事だ。

金の出入りを中心に簡潔に記載された帳簿には、裏の苦労は書かれていないが、輪笏の督としての経験から、ソナンにはその大変さが読み取れた。

心から、ていねいな仕事へのねぎらいと賞賛を述べると、ホルノは相好を崩した。

「ソナン様からそのようなお言葉をいただける日が来るとは、こんな嬉しいことはありません」

名家の放蕩息子は、たくさんの人に心配をかけていたのだなと、その喜びようは胸にこたえた。

一人になり、夜も更《ふ》けてから、ソナンは領主館を歩き回った。幼いころの思い出をたどり、それ以前の、彼が生まれてまもない時期か生まれる前に、母もこの廊下を歩いたのだろうかと考えた。

今度会ったときに聞いてみればいいのだが、パチャトはシュヌア家での日々を思い出すとき、額にひどいしわがよる。あまり話題にしたくない。

尋ねなくていい。事実でなくていい。窓から星しか見えないこの廊下を、貴族の婦人の部屋着をまとったあの人が、柄にもなくしずしずと歩いているのを想像するのが楽しいのだ。

ソナンは勘当が解けてからも、それまでと同じ頻度でパチャトの家に泊まっていた。きちんと務めを果たしている青年貴族にとって、たまの外泊は、不良行為でないどころか、健全な男子の証《あかし》となる。茶屋遊びに紛らせておけば、とがめられることも、行き先を尋ねられることもなかったので、誰にも気づかれずにすんでいた。

雨上がりの夜空には、無数の星が並んでいた。母の姿を思い浮かべたためか、ソナンの胸から昼間の重苦しさは消え失せて、屈託なく夜空の美しさを楽しむことができた。

落ち着いて考えれば、思い煩《わずら》うことなどなかったのだ。きっと、ああした森の中の一軒家に見知らぬ人間がやってくるのは、滅多にないことなのだろう。だから、女はおびえていた。幼児らもおびえていた。それがソナンにも伝染した。

さらに、雨の湿気。冷えた身体《からだ》。領民のことを一度も考えていなかったことへの深い悔悟。そんなものがいっしょになって彼の心にのしかかり、この地で何か良くないことが起こっていると錯覚したのだ。

人々の暮らしは、たしかに豊かとはいえないだろうが、衣食に事欠いているふうではなかった。きっと、八年ぶりにトコシュヌコの貴族の生活にもどったソナンの目に、森の中の小さな家が、必要以上に貧しく映っただけなのだ。心配ない。この地はきちんと治まっている。ホルノはよくやっている。

二階の廊下を歩ききり、居間へと下りる階段に出た。幅広で、ゆるい弧線を描いていて、片側に木製の手摺《てすり》がついている。

この手摺を滑り下りるのが好きだったことを思い出し、ソナンは右手で木肌をなでた。つるつると滑らかで、金属のような手触りだった。

子供のころからこうだったろうかと、ソナンは首をひねった。滑るのに支障がない程度だが、もう少し木材らしいざらつきがあった気がする。

右手を手摺に這《は》わせながら、下までおりてみた。違和感が大きくなった。

もしかしたら、ホルノの妻は勤勉にも、毎日のように領主館を掃除して、手摺を磨いているのだろうか。だが、見上げると、つるつるの感じは一様ではない。残り二、三段となったあたりは、ソナンの記憶にあるような木肌をみせている。

掃除ではない。これは、使い込まれて磨かれたものだ。毎日のように、何人もの人間が手摺をつかんでこの階段を上り下りし、もしかしたら、何人もの子供が手摺を滑りおり、何年もが過ぎたとでもいうような。

この領主館を建てたのは、ソナンの祖父だと聞いている。祖父の代にどれくらいの日数、領地に滞在していたか知らないが、父も独りっ子だから、この家に大家族が住んだことはないはずだ。

疑惑の目で、あたりをぐるりと見回した。ソナンの視線は、扉の取っ手にとまった。

あの布蔽いは、単なる心づかいのものだろうか。

扉に近寄り、蔽いをはずした。取っ手の丸い握りは、手擦れで塗装がはがれて、黒ずんでいた。彼が子供のころは、こんなではなかった。間違いなく、全体がぴかぴかしていた。

さらに確かな証を求めて、ソナンは台所に向かった。調理する場は、人の営みの痕《こん》跡《せき》を最もとどめやすいと考えたのだ。

けれども、あまりにきれいに掃除されているために、台所仕事にうといソナンには、何も見つけることができなかった。匂いをかいでみても、今日の夕食の調理のものか、長くしみついているものかの区別はつかない。

あらためて、屋敷の中を見てまわった。ほとんど使われたことのない客用寝室の椅子や寝台は、表布がいくらか色あせているものの、すわってみると、しっかりとした弾力があった。椅子の脚が当たる石の床に目を近づけたが、誰かが何度も立ちすわりして、脚が床を傷つけた跡は見受けられなかった。

けれども、そうやって顔を床に近づけたことで、別の場所に不自然なくぼみがあるのに気がついた。等間隔に、ふたつとふたつ。四角形の四隅にあたるような位置が、わずかにくぼんでいる。まるでそこに、いまはこの部屋に存在しない椅子が、長いあいだ置かれて、使われていたかのように。

夜空に向かって、ソナンはため息をついた。北側の廊下のいちばん端の窓からは、エイブ家の住居が見下ろせた。家族はすでに眠りについているのだろう。明かりは、玄関前の門灯ひとつきりだった。

最初ソナンは、頭がかっかと煮え立って、すぐにも怒鳴り込もうとした。

何年か前、王都の市場で掏摸《すり》にあいかけたことがある。気がついたときには、他人の手が、腰のあたりの衣服の下に突っ込まれていた。

そのときと同じ不快感に、身が震えた。それに加えて、大事なものを冒瀆《ぼうとく》されたような憤《いきどお》り。

だが、衝動に身を任せてはいけない、動く前によく考えろと、頭の中で顔の見えない何人もが説教をした。ソナンは、領主館を飛び出すかわりに、二階への階段をのぼり、廊下を進み、窓を開けたのだ。

夜風にあたり、星を見上げたり門灯を見下ろしたりしているうちに、頭が冷えた。

この屋敷に、代理人の一家が勝手に住み着いていた。たぶんもう、何年も前から。

それは不快でたまらないが、よく考えたら、そこまで怒ることではないかもしれない。そもそもこの屋敷はソナンにとって、「大事」というほどのものではない。今日初めて、懐《なつ》かしいような感じがして、あちこちを歩き回って楽しんだ。それだけの場所だ。

それに——。

暗闇《くらやみ》になれてきた目が、眼下の家の輪郭をとらえた。王都にあれば、繁盛《はんじょう》している商店の主の家ほどの大きさだ。屋根飾りも立派で、決してみすぼらしい家屋ではない。けれども、こちらから見下ろすのでなく、あちらの家から領主館を日々見上げていたら、どんな気持ちがするだろう。

この館《やかた》は、ほとんどの時、無人だった。ソナンが子供のころでさえ、年に四回、わずかな日数、泊まっただけ。近衛隊に入ってからソナンは領地に来なかったので、父がごく少数の供を連れて、一泊か二泊するのがせいぜいだった。

エイブ家の者にしてみれば、広くて立派な建物が、めったに利用されないで、頭の上にそびえているのだ。しかも、彼らは鍵《かぎ》を持っている。時々中に入って、掃除や手入れをしなければならない。来るたびに思う。こんな広々としたところで、子供を育てられたら。

領主はやってくるとき、必ず事前に通告する。こっそり住んでも、ばれはしない。

そう考えるのも、無理のないことではないだろうか。

そして、それによりシュヌア家がなんらかの害を被《こうむ》っているかというと、そんなことはない。彼らは屋敷の家具には触れないようにしているようだ。本来の調度は片隅に寄せて蔽いをかけ、自分たちの家から持ち込んだ家財道具で暮らしているのだろう。領主がやってくると知らせがあれば、それらすべてを運び出し、徹底的に掃除をして痕跡を拭《ぬぐ》い去る。年に四回、そんなことをしていたのかと思うと、微笑《ほほえ》ましくさえあるではないか。

ソナンの口の端はちょっと持ち上がったが、頬にそれを支える力はなく、すぐにだらりと下唇ごと落ち込んで、開いた口からため息が出た。こんなことには、気づかなければよかった。実害がなくてもけじめとして、気づいたからには、やめさせなければならない。気の重い仕事だ。言い逃れをされたら、どうしよう。それに、任せていれば安心だったエイブ家との関係が、これまでのようにはいかなくなる。

いっそ、見て見ぬふりをしようか。

だが、エイブ家の越権行為は、領主館にこっそり住むことだけだろうか。ひとつ踏み越えてしまった足は、次の不正へと進んでしまわなかっただろうか。

道中のもやもやが、ソナンの胸に戻ってきた。

翌朝早く、ソナンはエイブ家を訪れた。にこやかに朝の挨拶《あいさつ》をして、「どうぞ」とも言われないのにずんずんと中に入り、居間のいちばん心地よさげな椅子に腰を下ろした。

「領地の詳しい地図を見たいんだ。父から、きつく言われていてね。家を離れていた〈逸脱〉の日々を取り戻せるよう、励めって。この機会に、どこで何が採れるかくらい、頭に入れたら、励んだようにみえるだろう」

話の初めに眉を曇らせたホルノだが、最後まで聞くと「なるほど」といいたげな顔になった。

「そういうことでしたら、朝食のときにでもお申しつけいただければ、私が、必要な図面をあちらにお持ちしましたのに」

「すまない。思い立ったら、すぐ動きたくなってしまうんだ」

ソナンが無邪気に笑ってみせると、ホルノは、倉町の江口屋の主がよく浮かべた、鷹揚《おうよう》さと諦観《ていかん》の入り混じった苦笑いをみせてから、書斎に地図を取りに行った。そのあいだにホルノの妻が、家の中がちらかっていることを詫び、成人した息子を二人、紹介した。ホルノを手伝って、もうずいぶんの活躍をしているという。

居間はたしかに、ちらかっていた。机や椅子や物入れ棚が、この部屋には多過ぎる数、押し込まれて、雑然としている。

ソナンは、昨夜の推測が正しかったことを確信したが、内心を気取られないよう、室内の様子にはまるで関心のないふりをして、ホルノの息子と談笑した。

ホルノが地図を持って戻ってきた。ソナンは、あまり熱心に見えないよう、ざっとながめて、わざと要点をはずした質問をした。

それから領主館に戻って、のんびりと朝食をとった。あらためて、エイブ家の人たちに忠勤への礼を述べ、全員に見送られて帰途についた。

ほんとうは、地図だけでなく、ここ数年の帳簿をあらためたかった。昨夜じっくり考えて、ソナンは自分の中にくすぶっていた違和感の正体を見つけていた。ホルノからの送金が、毎年一定だったことだ。

まったく同額だったわけではなく、麦の出来、野菜の出来の良否によって多少は違っているのだが、ソナンの感覚からいくと、変動の幅が小さすぎた。彼の感覚が何に基づいているかというと、市場を歩き回って、聞き耳をたてていたことだ。

二年前の深刻な冷害。四年前の葉野菜の大豊作。それがどれほどのものだったかを、市場の人々の話で知り、値段の変化を見て実感していたために、シュヌア領の被った影響が、じゅうぶんでないように感じたのだ。時間をかけて深く心をさぐらなければわからないほど、ごくかすかに。

では、シュヌア領では何が起こっているのか。ここから先は想像でしかないのだが、主の屋敷に住むようになった代理人一家は、領地からの収入にも手をつけだしたのではないだろうか。なにしろ領主は、一定の送金さえあればそれでいいと、まったく口を出さないのだから、ばれるおそれは小さいし、罪悪感も持ちにくい。

最初は、実入りが非常に良かった年に、例年より多いぶんの何割かを懐《ふところ》に入れることあたりから始めたのではないだろうか。それが癖になり、生活が派手になると、農作物の出来が悪かった年にも、横領せずにはいられなくなる。難しいことではない。農領民から、少し余分に徴収すればいいのだ。もともとシュヌア領は過酷な取り立てをしていない。不作の年でも、広く浅くやれば、絞り取れないことはない。

問題は、その匙《さじ》加減だ。やりすぎれば、暴動が起こったり、農民が逃散《ちょうさん》して耕し手のいなくなった農地が荒れることになり、不正が領主にばれてしまう。そうならないよう、ホルノはうまくやってきた。その結果、絶望までは追いつめられていないが希望のない暮らしをしている人々が、ソナンの胸をもやもやさせる重苦しい空気を醸《かも》し出した。

この想像が当たっているかどうかを調べることは、簡単だ。領内をまわり、人々に話を聞けばいい。

だが、過去の帳簿を見せるようホルノに要求しなかったのと同じ理由で、ソナンは寄り道をせず、まっすぐ王都に帰還した。

事を起こせば、たちまちエイブ家の耳に入るだろう。つまりは後戻りできない一手となる。いまはまだ、その時ではない。ホルノが代理人であるのと同様に、彼も父の代理で訪れたにすぎないのだから、まずは疑いを父に話して、その判断を仰ぐべきだと考えたのだ。

2

「ずいぶんと、抑制のきいたなさり方でございますね。私の度重なる忠告を、ようやくご理解いただけたようで、嬉しゅうございます。走るばかりでなく、歩くことをおぼえてくださったとは」

彼のおこないを知ったなら、輪笏の城頭の瑪瑙大《めのうた》が、そんなことを言うのではないかと思ったら、顔がほころび、旅の疲れが軽くなった。

「それで、おまえはこれから、どうすればいいと思うのだ」

ようやく父が口を開いた。

王都の屋敷に戻ったソナンが、話があると書斎に呼び出し、領地訪問で見聞きしたことと、そこから抱いた疑いを語るあいだ、父はずっと黙っていた。ひとりで話しつづけるソナンは、しだいに落ち着かなくなった。

父はどうして無言なのか。まさかと思うが、長年信頼してきた代理人に裏切られたことに呆然《ぼうぜん》として、言葉が出ないのだろうか。それとも、不出来な息子の言うことなど、一言も信用できないと思っているのか。

そんな不安が高《こう》じていたので、ようやく父が口を開き、彼にものを尋ねたことにほっとして、自明のはずの答えを返した。

「まずは、事実を調べるべきだと思います。領主館のことは、予告をせずに行ってみれば、すぐにわかりますし、ここ数年の帳簿を持って村をまわり、人々に話を聞けば、ホルノが横領しているかどうかも、はっきりします」

「はっきりしたら、どうするのだ」

そこまでは、まだ考えていなかったが、さほど難しい話ではない。ソナンはすぐに答えを引き出した。

「代理人が、領主に黙って収穫物を自分のものにしていたなら、それは明白な犯罪です。本来なら、捕えて裁きにかけるところですが、長年の功績を考えれば、不当に貯《たくわ》えたものを没収し、馘《くび》にするだけでいいのではないかと思います。領主館に住んでいたことも、私は強くとがめたいとは思いません」

「ホルノを馘にして、領地の管理は誰がやるのだ」

「それは、新しい代理人です。新しく、探して雇うことになります」

「新しい代理人が、ホルノよりましだろうか」

「ましな者を雇えばいいのです」

「そう簡単に見つかるかな」

父は、ふんと鼻を鳴らした。

「いざ任せてみたら、ホルノよりもひどい不正を始めるか、正直者でも手腕がなくて、農地を荒らすことになるのが落ちだ。領地をうまく管理できる代理人など、めったにいるものではない」

「では、父上は、このままでいいとおっしゃるのですか」

「いけない理由があるだろうか」

ソナンは耳を疑った。父は何を言っているのだ。いけない理由？　そんなもの、あるにきまっている。

「あります」と勢いよく答えてから、考えた。「いけない理由は……、領民が苦しんでいることです」

「ソナン。人はみな、苦しみながら生きているのだ。階級や生業《なりわい》により、苦しみの種類はさまざまだが、生きることに苦しみがつきまとうのに、変わりはない。もちろん、その苦しみが命を奪いかねないほど甚《はなは》だしいものならば、考えなければいけないが、そういうわけではないのだろう。ホルノは、私が指示したより高い率の税を課しているのかもしれないが、おそらく、王宮の定める規則以上ではない」

王宮の定める上限は、かなり高い。それを上回る税を取りつづけたら、行き着く先は、餓死か逃散《ちょうさん》か暴動だ。シュヌア領ではそのいずれも起こっていないのだから、確かにホルノは、そこまでのことはしていないのだ。

「それでも、不正は不正です」

父はまた、ふんと笑った。

「都市警備隊に勤めながら、そんなに硬直した考えのままでいられるとは、おもしろい」

ぞくりと、ソナンの背中が震えた。空鬼《そらんき》――もしくは神――に、同じせりふを言われたことを思い出したのだ。あの雲の上のような場所で、「おまえ、やっぱりおもしろい」と。

神の気紛《きまぐ》れに弄《もてあそ》ばれているような、川の底で長い夢をみているような感覚にひたされて、口に湧《わ》いた苦みのある唾液《だえき》を、ソナンはそっと喉《のど》の奥に追いやった。

「よく考えてみなさい。代理人が替わったからといって、領民の暮らしが良くなるとは限らない。むしろ、悪くなることがじゅうぶんに考えられる」

「それは、我々が気をつけて……」

「我々は」父の声にいらだちが混じった。「もっと大切な責務を負っている。このようなことに時間を割かれるのは、好ましくない」

「しかし」

「物事を、もっと広く見ることを覚えなさい。ホルノが不正をしているとして、長年つづけているのなら、それは分をわきまえたものなのだ。我々は、それによる不都合を感じていない。領民も、過酷な取り立てをする領主のもとにいるより、ましな暮らしをしているようだ。ならば、どうして、物事が悪化する危険をおかして、代理人を替えねばならない」

「しかし、不正は不正です。このままにしておくことは、正義に反します」

「正義のことなら、案ずるな。不正に手を染めた人間は、死して後に、神からその罰を受ける」

父は本気で言っているのだろうかと言葉を失うソナンの前で、シュヌア将軍は目を細めた。

「まあ、不正に気づきながら、その場で代理人に問い質《ただ》したりせず、私の判断を仰ぎに帰ったことは、よくやった。そして、私の判断だが、現状を変える必要をみとめない」

話はそれで終わったようだ。ソナンは、一礼すると書斎を出た。言いたい言葉はすべて飲み込んだが、足音が荒くなるのを抑えることはできなかった。

自室に戻ったソナンは、椅子《いす》の背を殴りつけた。それから、倒れた椅子を起こしもせずにしゃがみこみ、頭を抱えた。

まさか父が、あんな判断を下すとは。こんなことなら、ホルノに過去の帳簿を要求し、調べつくしてから帰ればよかった。そうしていたら、現状を変えないことは、もはや不可能。手を打たないわけにはいかなかった。

父は、そうしなかったことを、「よくやった」と評した。思えば父に誉《ほ》められたのは、剣術大会の本大会に勝ち進んだとき以来の、人生で二度目のことだったが、それに対する喜びは、少しも感じることができなかった。

立ち上がり、腕組みをして、天を仰いだ。

このままではいけない。絶対に、いけない。

だが、どうしていけないのだ。

いけないと、この胸が騒ぐからだ。

そんなものは、理由にならない。理屈できちんと考えろ。

腕組みをしてうろうろと室内を歩き回りつつ、ソナンは自問自答した。

このままではいけないのは、領民が幸せではないからだ。水が乏しいわけでもないのに、暗い目をして、希望のないなかで生きている。

ほんとうに、そうなのか。雨の日に、ごく少数を見て、勝手に抱いた印象ではないのか。

そうかもしれない。だから、きちんと調べたいが、それでは父の言いつけにそむくことになる。

ソナンは大きく息を吐いて、腕組みをとき、椅子を起こして腰かけた。ふたたび腕組みをして、頭を垂れる。

もしかしたら、父が正しいのではないだろうか。不正の疑いを見つけて、勇んで報告したが、気づけた自分に酔っていただけかもしれない。確かに、代理人を替えたりしたら、いまより悪くなるおそれがある。それを防ぐには、良い代理人を探しまわり、しばらくは、指導したり、ちゃんとやっているか見張ったりしなければならないが、ソナンがそれをするには、都市警備隊の仕事を半年くらい休むことになるだろう。そうまでして、現状を変える必要があるのかといわれれば、確かに考え込んでしまう。不正になど気づかなければよかったと、ソナンは軽い後悔を覚えた。雨宿りなど、しなければよかった。昔を懐《なつ》かしんで、領主館を歩き回ったりしなければよかった。だいたい、世の中は不正だらけだ。王都の見回りをしていれば、毎日のように何かを目にする。そしてソナンは、その多くを見逃している。すべてを取り締まっていたら、かえって人々の生活がうまく回っていかないからだ。領地についても、同じ考え方をしていいのではないか。

つまり、やっぱり、父が正しい。このままでいるのが、いちばんいい。

一度はそう結論づけたが、どうにも後味が悪く、ソナンは首をひねりつづけた。何度も頭を傾けて、ああでもない、こうでもないと考えているうちに、ひらめいた。

「そうだ」

勢いよく立ち上がり、またぐるぐると歩きだしたが、先ほどとちがって足の運びは威勢よく、鼻息は、これまでの消沈ぶりを吹き飛ばすがごとくに荒かった。

気づいてみれば、答えは簡単。このままでおくか、代理人を替えるか、ふたつにひとつを選ぼうとするからいけなかったのだ。ホルノを代理人にしたままでも、余分の取り立てをやめさせられれば、それでいい。ソナンは王都の見回りで、不正を見逃すだけでなく、見逃しがたいが捕まえるにはしのびない不正を、警告することでやめさせてきた。それと同じことをすればいいのだ。ホルノが恐れをなして逃げ出してしまわないよう、慎重に。

ソナンは椅子に深くすわりなおして、天井の隅をにらみながら考えた。問題は、父にどうやって認めさせるかだ。

どんなふうに話を持ち出し、どのように説得しようか思案するうち、胸が高鳴り、わくわくした気持ちになってきた。

四回の談判の末、シュヌア将軍は、ソナンがふたたび領地に行くのを承認した。何をするつもりか、どのように進めるのかを何度も説明し、何をしてはいけないか、どういう点に気をつけるかをくどいくらいに念押しされ、絶対にしくじらないと約束したうえでのことだった。

ソナンは数日の休みをとり、領地へと旅立った。この秋二度目の休暇だが、他の方面隊長は、月のうちの半分を執務室で過ごし、残りの半分は保養や社交に費やしている。これでもまだ、ソナンは勤勉すぎる変わり者だった。

今回は、代理人に知らせを出さずに出発した。けれどもまっすぐ領主館に向かうのでなく、シュヌア領でいちばん大きな町に行き、そこの茶屋から、ホルノに使いを出した。おかみさんの手料理の味が忘れられず、早くも再訪することにした。すでに途中まで来ているので、あと少しで到着すると。

そのまま店で長めの休息をとっていると、ホルノの長男がすっとんで来た。そして、母の料理もなかなかだが、この店もうまいものを出すのだと、次々に注文してソナンにすすめた。露骨な足止めだったが、ソナンは気づかないふりで、機嫌良く飲み食いし、ホルノの息子と楽しく語り合った。

息子は、ソナンが店の相客と話をするのも邪魔をした。ソナンはそれにも気づかないふりをした。

日が暮れかかってから、腰を上げた。領主館に着くと、彼を迎える準備はすでに整っていた。どの部屋も前回と同じ状態で、台所からはいい匂《にお》いが漂っていた。

夕食後、ソナンはホルノと面会した。食べ過ぎできちんとすわれず、ふんぞりかえった姿勢になって、満腹のあまりとろんとした目でホルノを見ながら、横柄《おうへい》に詫《わ》びた。

「今日は、急に来てすまなかった。思い立ったらすぐ動かないと、気がすまないたちなんだ」

ホルノは、その言葉に裏の意があるのかどうかを窺《うかが》うように、暗い目でソナンを見つめていた。

「でも、次からは、ちゃんと知らせるようにするよ。できるだけ」

黙っているのが無難と決め込んだのか、ホルノは何も言わずに一礼した。

「それにしても、今日は楽しかったなあ。おまえの息子は、いいやつだな。だけど、ほかの客は、つまらなかった。この秋の麦の実りは良かったはずなのに、なんだか冴《さ》えない顔をしていたし」

「みな、緊張していたのでしょう。ソナン様のようなご身分の方とは、同じ屋根の下にいることさえ、初めての者ばかりですから」

「ああ、そうなのか。緊張していたのか」

そのせりふだけ、のんびりした調子を消して、真顔になって口にした。それからホルノをじっと見た。ホルノも真顔で、その視線を受け止めた。

ソナンのほうから目をそらした。

「だったらいいんだ」

それから、大きなあくびをして立ち上がった。

「では、これからも、領地のことを、よろしく頼む」

おそらくこれで、じゅうぶんな牽制《けんせい》になっただろう。ソナンが何かを疑っていると、確信できるほどではないが、これまでの無関心はもう、あてにできなくなったと悟らせることはできたはずだ。これまでずっと、うまく破綻《はたん》を避けてきたホルノのことだ。用心をして、不正を慎むようになるだろう。もしもそうならなかったら、冬の領地訪問の折に、さらなる働きかけをすればいい。

いずれにしても、これ以上のことは父に禁じられている。ソナンは翌朝にこやかに、エイブ家の人たちに別れを告げて、王都に戻った。

しばらくは、自分の手際《てぎわ》に満足して過ごした。パチャトの家で、得意気に顚末《てんまつ》を語ったりもした。けれども、そのうち落ち着かない気持ちになった。

今回の彼のやり方は、瑪瑙《めのう》大好みのものだろう。突っ走るのでなくじっくり構えて、劇的に変えるのでなくささやかな修正ですませた。連絡をとるすべのない瑪瑙大に誉めてほしくてのことではない。これが最も適していると思えたからだ。

けれども、あの地が輪笏《わしゃく》だったとしたら、同じことができただろうか。たとえば、彼が留守をしているあいだに、勘定頭らが税を吊《つ》り上げ、領民を苦しめていたとしたら。

考えただけで、かっと頭に血が上った。許せない。絶対に。すぐにやめさせ、罰すべき相手に罰を下す。

想像の世界の中での怒りの強さに、自分でも驚いて、疑問が浮かんだ。では、どうしてこのたび、そうしなかったのか。

彼自身が領主ではないからか。ほかに大事な仕事があり、領地のことだけを考えてはいられないからか。けれども、都市警備隊の方面隊長が、そこまで大事な仕事だろうか。彼がいなくても王都の人たちの暮らしは、たぶんほとんど変わらない。

突き詰めると、理由はひとつしか見つからなかった。

彼の気持ちの問題だ。輪笏を良くしていくことには、情熱がどんどん湧き出たが、シュヌア領のことには関心がもてない。義務として、最低限のことをする気しか起きない。

それは、領地を治める人間としてどうなのだと、ソナンは自分を叱《しか》ってみたが、気持ちを変えることはできなかった。そのうち、しかたがないとあきらめた。

　これは恋と同じなのだ。

　もしも彼が最初からもう少しまじめな人間だったら、近衛《このえ》隊でふつうに勤めて昇進して、チャニルと結婚していただろう。あるいは、弓貴《ゆんたか》での四の姫との婚儀が、人違いに気づかないまま終わっていたら、あの人と婚姻生活を送るしかなかっただろう。その場合でも、ソナンは夫としての義務を精一杯尽くしただろう――と信じたい――が、七の姫に対してのようにはいかなかったはずだ。

　会えないときにも、どうしているかと常に心のどこかで考えており、会えたら自然に笑顔になる。少しの変化にも気がついて、心配したり、喜んだり。妻が笑ってくれるように、できることは何でもしたいと思うあの情熱は、恋がなければ生まれない。けれども、それにより、七の姫が幸せだったかというと、おそらくそうではなかっただろう。できることは何でもしたいと思っていたが、実際には、ほとんど何もできなかった。むしろ、彼が気持ちを寄せすぎることで、ナナは窮屈な思いをしていた気がする。

　もしかしたら、情熱などないほうが――夫としての義務だけ果たして、あとはほうっておくほうが、妻の座にいる者は、安楽に暮らせるのかもしれない。

領地についても、そうだ。輪笏で彼が、恋心にも似た情熱に衝《つ》かれて走り回ったことが、あの地にとって幸いだったといえるだろうか。

彼がやりはじめたことは、数々の危機に瀕《ひん》しながらも、すべて何とかうまくいった。だがそれは、奇跡的なことなのだ。空鬼の筒に頼るという、文字通りの奇跡を使って切り抜けたこともあったし、たくさんの幸運と優秀な家来たちに助けられて、なんとか悲劇的な結果に至らずにすんだのだ。

彼が輪笏で突っ走っているあいだ、瑪瑙大は、物事をもっとゆっくり進めるようにと、諫《いさ》めつづけた。陪臣の花人《はなんと》や石人《いしんと》も、そういう意味の忠告をした。

彼らが正しかったのだ。物事を変えるときには、今回のように、足下を固めながら、じわじわと進めるほうがいいのだ。沸き上がるやる気がないことで、そうした手段がとれるなら、その土地にとって好事といえるのではないか。

きっと、そうだ。これは、悪いことではないのだ。

そう考えてソナンは、領地の運営に情熱が抱けないことへの後ろめたさを追いやった。

それから一年が過ぎた。冬も春も夏も、ソナンは領地のどこかの茶屋に行ってから、エイブ家に領地訪問の連絡を入れた。ホルノの息子が、決まって大慌《おおあわ》てで迎えにきた。

彼らがいまも領主館に住んでいるかは、わからない。けれども、領民の暮らしはましになっているようだ。きちんと調べたわけではないが、茶屋への寄り道の途中で、あちこちを見て、そう感じた。村々を通る領地訪問を重ねるうちに、この風変わりな旅人が領主の息子だと知れ渡り、おそるおそるの挨拶《あいさつ》を受けるようになってから、暗に礼を言われたこともある。ホルノの息子はあいかわらず、ソナンが相客と口をきくのを邪魔したが、彼が到着するまでにソナンと領民を隔てるのは、村人たちの用心深さだけだった。その壁はかなり厚いが、ホルノが無法を続けていたら、誰かがそれを告げただろう。

ゆるやかな牽制で物事をうまく収められたのだという手応《てごた》えは、領地を訪れるごとに深まった。

だが、ひとつの心配がおさまると、別の懸念《けねん》がふくらんできた。

王都はこのままでいいのか、だ。

この街は、去年までのシュヌア領や、空人《そらんと》が督になったときの輪笏より、よほど多くの問題を抱えている。富と人とが集まる場所なので、犯罪が多いのはしかたないかもしれないが、理不尽に暮らしを破壊されたり、命を奪われたりが、こんなにしょっちゅう起こっていいのか。ソナンが生まれたときから、ここはこうだったから、そんなものだと慣れてしまっていたけれど、ほんとうは、誰かが何とかすべきなのだ。

だがソナンは、この街の督でも領主でもない。警備隊の方面隊長という、治安を守る地位にはいるが、求められている仕事は、果たしすぎるほど果たしている。

だいたいこの街のありさまは、警備隊がどうこうできるものではない。犯罪に関していえば、家のすぐ裏にネズミの巨大な巣があるのに、屋内に入り込むものを捕まえつづけているようなものだ。また、彼が目こぼししている不正の多くは、そもそも規則がおかしいのではと思えるものだ。その中に、弱い者を打ち砕き、富者がますます栄える不正が、がっしりからみ込んでいる。どうにかしようと思ったら、人々の営みが織りなす仕組みのすべてを、いったん断ち切ってしまわなければならないのではと思えるほどだ。

すなわち、この街をなんとかしようと思ったら、ソナンの目は王宮を向くしかなくなる。それからすぐに視線をそらして、ため息をつくしか。

王宮でものごとを動かしている人々には、シュヌア将軍も含まれる。そして、父に王都の問題を突きつけたら、どう返されるかはわかっている。

軍を率いる者の役目は、国の外からの脅威を防ぐことだ。どんなに専念してもしたりないほど大事な役目だ。ほかのことに関心をもつ暇はない。

それで話は終わるだろう。では、誰が王都を良くしていくのか。いまのままでは、庶民の多くが、敵国に攻め入られ占領されたのと同じくらい、あるいはそれ以上に、みじめな暮らしをしているではないか——などと論戦をしかけても、聞く耳をもたないだろう。

そうでなくても、父親と論戦などしたくもないが。

それに、父ひとりではどうにもできないほど、王宮は巨大で複雑だ。王族や貴族、武官や文官、さまざまな立場の思惑がからみあって、どの糸を引っ張ったらどういう結果になるのか、もはや誰にもわからない。

この街は——この国は、いつからこうだったのだろう。どうして、こうなのだろう。そもそもの仕組みがおかしいのか。国が急激に大きくなりすぎたのか。それとも、国とはだいたいこんなものなのか。一人の首長を中心に、多くの優秀な人間が全体のことを考えて動いていた、弓貴のような国が特別なのか。

だが、あの国にも内乱があった。中央世界の他の国を見ても、ここよりいいとは言いがたい。

人は、数人が集まっただけで、たちまち不和が生まれるのだ。これだけの大きさの都市や国が、わけのわからない規則や不正や暴力にまみれるのも、しかたがないのかもしれない。きっと、これほどの人と富とが集まる場所を、きちんと秩序立てるのは、神ならぬ身の人間に、もともと無理なことなのだ。

そう結論づけて、ソナンは心のざわつきをなだめた。国王が民のことなど顧みず、自身の楽しみに興じてばかりいるせいだと考えるには、彼はトコシュヌコの貴族でありすぎた。シュヌア家の長男の自覚を、深めすぎていた。

ソナンが初めて、昼間にパチャトの家を訪れたのは、なだめたはずの煩悶《はんもん》がちくちくと胸を刺してやまない日のことだった。

休日なので屋敷で静養していたのだが、こんなとき屋内に籠《こ》もっていても滅入《めい》るばかりだ。気分を変えるために、ソナンはぶらりと家を出た。

ところがその日にかぎって、街歩きは気晴らしにならなかった。あちこちで、王都の問題が目につくのだ。

気にするな。自分はいま、シュヌア家の嫡男《ちゃくなん》としての役割を果たしている。警備隊の方面隊長として、人より立派にやっている。いまはそれで、じゅうぶんだ。王都全体のことは、彼自身がシュヌア家の当主か、都市警備隊の隊長になったときに考えればいいのだと、ソナンは己に言い聞かせた。

とはいえ、どちらの地位につくにも、まずは妻帯しなければならない。それを思うと、気が重かった。

かつての婚約者のチャニルは、先頃ぶじに嫁いだそうだ。地位も財産もシュヌア家よりやや劣るが、まじめで人柄のいい相手だという。チャニルの両親は、不幸な経験をした娘のために、そういう縁組みを選んだのだ。

ソナンはこの朗報を心から喜んだが、次は自分の番だと覚悟もした。父はワクサール家への遠慮から、ソナンの再縁組みを控えていた。これで安心して、息子の伴侶《はんりょ》さがしをはじめるだろう。

父親がどんな女性を選んでも、拒む気はない。いずれにせよ、妻をもたなければならないのだ。いっそ、恋や情熱など抱けない人のほうが、あちらもこちらも気が楽だ。

そう考える一方で、こんなふうにあてどなく歩いていると、散歩の途中で庭にたたずむ七の姫を、はからずも見つけたことが思い出される。ナナが恋しい。ナナに会いたい。

せめて似た人がいないかと、にぎやかな街路にたたずんで、きょろきょろと視線をさまよわせたが、弓貴を遠く離れたこの国に、そんな人がいるはずもない。

華やかな表通りに背を向けて、路地に足を踏み入れると、たちまち殴り合いが目に飛び込んだ。ただの喧嘩《けんか》か、誰かが誰かに襲われているのか、判然とする前に顔をそむけて踵《きびす》を返し、ソナンはそこから遠ざかった。

許してくれ。今日は非番だ。そもそもすでに、個々の諍《いさか》いを取り締まる地位にない。たまには、こうしたことを忘れさせてくれ。

心の中で誰にともなく言い訳しながら、足をはやめた。

気がつけば、パチャトの家に向かっていた。

まだ陽は高いのに、私は何をしているのだと、引き返しかけたが、彼女の家をながめるだけでも、気持ちが穏やかになるかもしれない。それに、いつ来てもいいと鍵《かぎ》を渡されたのだ。たとえ留守でも入っていける。最初のいきさつから、あの家には夜訪れるものと決めてかかっていたが、朝でも昼でも、いつ行ってもいいではないか。

いまさらながらの発見に嬉《うれ》しくなって、母の家に着く前に、憂《うれ》いは影を潜めていた。

パチャトの家の、表に面した窓が暗かった。近くに寄って見てみると、木製の内戸が閉まっていた。

初めてこの家を訪れた日、内戸は開けっぱなしだったなと、ソナンはあの夜を思い出した。街灯のある屋外のほうが明るいから、少し高い位置にあるぶ厚い玻璃《はり》の入った窓から、屋内の様子はうかがえなかったはずだが、あのとき自分が、内戸も閉まっていない窓の向こうで何をしようとしていたかを思い出し、ソナンは顔を赤らめた。頰をなでる秋風に小さな動揺をおさめてから、玄関の前に立ち、肩のところで拳《こぶし》をつくった。

その拳が戸板に届く前に、疑問が浮かび、手が止まった。

なぜ、いま、内戸は閉まっているのだろうか。

これを閉めるためには、窓際に飾られた小物を動かさなければならない。それが面倒なのか、パチャトはこれまでソナンの前で、内戸を動かしたことがなかった。夜に外出するときや、若い男を連れ込んで事を致そうとするときにも開けっぱなしだったものが、どうしていま、閉ざされているのだろう。

長く留守にするためか。だが、十日前に会ったとき、そんなことは言っていなかった。

まさか、彼女は、ソナンに一言も告げずに、どこか遠くに旅立ったのか。それとも、急な病で療養所にでも入ることになり、近所の者が気をきかせて窓の内戸を閉ざしたとか。あるいは、盗賊が押し入って、中で何かやっている？

その場合、パチャトは不在か。それとも屋内か。

ソナンは戸板を叩《たた》くのをやめて、お守りのように持ち歩いていた鍵を使って扉を開け、そっと中に滑り込んだ。

入ってすぐの空間は、居間とひとつづきになっている。部屋は無人で、荒らされた様子はない。

ソナンは足音をしのばせて、寝室の扉に向かった。把手《とって》に指をかけたとき、中からパチャトの声がした。

「だめ。やめて」

小さいが、悲鳴のように鋭い声だ。ソナンは中に飛び込んだ。

寝台の上で、母が男に襲われていた。

衣服を半分はぎとられ、仰向《あおむ》けにされ、のしかかる男に両手を押さえつけられている。男は下半身だけ裸だった。

怒りに我を忘れた。パチャトを助けるためだけだったら、男を突き飛ばせばいいのだが、ソナンは寝台へと走りながら、腰袋から短刀を取り出し、振り上げていた。

何も考えられないまま、暴漢の背中に向けて振り下ろした。

苦しみに閉ざされているようだったパチャトの目が、大きく開いた。男を押しのけながら起き上がり、男の上に身を投げた。

「だめ」

ソナンの握る短刀は、まっすぐに母の背中に突き刺さろうとしていた。あわてて刃先をそらしたが、間に合わなかった。彼女の脇腹《わきばら》の、ちょうどはだけていたところをかすめて通り、白い皮膚に赤い線がすうっと浮かんだ。

流れ落ちるほどの血ではなかったが、自らの手で母を傷つけてしまったことに狼狽《ろうばい》して、ソナンは短刀を取り落とした。

彼の手をはなれた短刀は、寝台で跳ねてから、床に落ちかけたが、その前に、パチャトのからだの下からすべり出た暴漢がつかみとった。そのまま無言で、切っ先をソナンに向けて突き出した。

ソナンはのけぞり、その攻撃を逃れたが、体勢が悪かった。我を忘れて突進したり、パチャトを傷つけまいと短刀の軌道を変えたりで、無理な姿勢になっていたところに、のけぞったものだから、腰がからだを支えきれずに転んでしまった。戦闘の場で、こんなぶざまなことになったのは初めてだ。

しかも、右足に強い衝撃を受けた。痛みに一瞬目をつぶり、まぶたを開けると、暴漢の握る短刀が、ふたたび間近に迫っていた。

ここで死ぬのかと思った。暴漢の正体も知らないまま。

男は半白髪の短髪で、上品な顔立ちをしていた。肌は日に焼け、からだつきは屈強だが、まなざしは知的で深い。しかもこんな場面で、少しも殺気を感じさせない。まるで畑で鍬《くわ》をふるう農民のような無表情だ。そのせいか、下半身が裸なのに、少しも滑稽《こっけい》な感じがしなかった。

そういえば、ここはちょうど母に殺されそうになった場所だ。あのときは、からくも逃れることができたが、運命は、ここを彼の死に場所と決めていたのか。

そんな考えが閃光《せんこう》のように浮かんだが、からだは身をかわすための反転をはじめていた。ところが、剣先より早く、大きな何かに襲われた。ずどんと穀物袋のようなものが覆《おお》い被《かぶ》さり、身動きがとれなくなった。

「だめ、殺さないで」

パチャトが叫んだ。彼の耳のすぐそばで。

穀物袋は母だった。彼女は身を挺《てい》して、ソナンを助けようとしてくれたのだ。さっき暴漢に対してしたのと同じように。

パチャトが叫んだのとほぼ同時に、暴漢が「うわっ」と変な声をあげ、剣先が床板に突き刺さったのが聞こえた。かつて命の瀬戸際で耳にしたのと同じ音だ。聞き間違えようがない。

　では、母はぶじだった。暴漢がソナンをねらった短刀に、刺されることはなかったのだ。顔や胸を押しつぶす温かなからだの下で、ソナンは大きく息をついた。

「どけ、刺客だ」

「違う。だめ」

　男の声は冷徹で、母は取り乱していた。そうやってかばうより、彼の上からどいてくれたら、こんな男にやられはしないのにと思ったが、母のからだはどっしりと重い。

「どけ」

　男が手をかけたのか、パチャトの肩がわずかに浮いた。だがすぐに、さっき以上の重みがかかった。

「だめ。殺さないで。刺客じゃない。これは私の息子よ」

　ソナンの息がとまった。パチャトに押しつぶされたせいではない。驚きに息をのんで、そのまま吐くのを忘れたのだ。

　いまのは、絶対に口外しないはずの秘密ではないか。よもや彼女が他人に話すとは。

　苦しくなって、大きく息を吐き出すと、パチャトがようやく彼の上から身をどけた。

　そのあいだに暴漢は、下にも衣服を付けていた。庶民風ながら上等な布地の、金のかかった服装だ。それが華美には感じられない、貫禄《かんろく》のある人物だった。

「息子？ それでは、これが、貴族の夫とのあいだにもうけたという……」

母はこの男に、そんなことまで話していたのか。ソナンは上体を起こして、男が床から抜き取り、右手に軽く握っている短刀に目をやった。いまなら奪い取れそうだ。奪い取って、殺す。口封じのために。

「だいじょうぶよ」

床に横座りしていたパチャトが、ソナンの前にぬっと顔を突き出した。

「この人は信用できる。誰にも秘密をばらしたりしない」

「だからって……」

裏切られた気分だった。こんな男を信用して、大事な秘密を漏らすとは。

そもそも、この男は何者なのだ。

「私たち、結婚するの。夫になる人に、これまでどう生きてきたか、ごまかすわけにはいかないでしょ」

「結婚？」

首を倒して、視界をふさいでいたパチャトの頭をよけ、男の顔を見上げた。母は騙《だま》されているのではと思った。

彼女は襲われていたわけではない。寝室に入る前に聞いた「だめ、やめて」は、情事の際の決まり文句だということは、すでに理解していたが、結婚という言葉につられて、からだを許してきたのではないか。男はただ、欲情を満たしているだけなのでは。

男は神妙な顔をしていた。右手は背中にまわっている。ソナンの疑い深い眼差《まなざ》しを避けるように、わずかに顔を伏せてから、腰を落として片膝《かたひざ》をつき、顔の高さをふたりにそろえて、ふたたびソナンと視線を合わせた。

「知らぬこととはいえ、失礼した。商売敵の放った刺客に、ここのところ執拗《しつよう》に狙《ねら》われている。つい、過敏になってしまった」

刺客を放つ商売敵がいるとは、剣呑《けんのん》な生業《なりわい》の人物なのか。母の再婚相手として、そんな男はごめんだと思った。年齢は、パチャトより四、五歳下だろうか。貴族ではないが、金回りが良さそうな風体だ。ますますうさんくさい。

いま飛びつけば、男が背中に隠す短刀を奪えるだろう。そのまま背中から刺せば、息の根を止めることができるかもしれない。そうしたら、パチャトは泣くだろうか。彼のことを恨むだろうか。

「ソナン、信じて。ほんとにほんとに、この人は信用できるの。心の底から信用できるの」

パチャトは男の前で、あっさりと息子の名前を口にした。そのうえ、そうしてしまったことに気づいてもいないようだ。

男は気づいた。「ソナン」と口の中でつぶやいたあと、彼の顔をまじまじと見た。その視線に、ソナンは皮膚が焼け付くような感じがした。仕事の性質上、彼は多くの人に顔を知られている。男がソナンを見知っていても不思議はない。

男の瞳孔《どうこう》が広がった。

「では、君を妻としていた貴族とは、シュヌア将軍だったのか」

パチャトは自分の半生を語ったとき、かつての結婚相手の名前は伏せていたようだ。だが、それももう知られてしまった。この男は、始末するしかない。

それには、男が驚きにとらわれているいまが好機だ。

けれども、ソナンはじっと、パチャトの鼻から出る湿った息を頰に浴びていた。

やがて男が、何かに気づいたように立ち上がった。短刀を背中から出し、思案顔で見つめてから、手近にあった蓋《ふた》付きの小箱にしまった。

「とにかく、落ち着いて話をしよう。彼女の傷の手当てをしてから」

母の傷は浅かった。手当てはすぐに終わり、パチャトは身なりをととのえると、ふたりを隣の居間にいざなった。

そのあいだに、ソナンは自分が動かなかった理由を考えた。

戦場や警備隊の見回りで、向かってくる敵を殺すことに躊躇《ちゅうちょ》はない。けれども、口封じのために、どこの誰ともわからない人物の命を奪うのは嫌だと、からだが抵抗したような気がする。

そもそも、知られた相手を殺してでも秘密を守る覚悟でいたのは、パチャトのほうだ。ソナンは、自分の母が低い身分の出であることや、死んだというのは偽りで、庶民のあいだで品行のあやしい生き方をしていることが、世間に知れてもかまわない。シュヌア家にとっては問題かもしれないが、すでに長男の不祥事で、体面などないようなものだ。いまさら、どうということもないではないか。

パチャトにすすめられた椅子に腰をおろし、向かいにすわるふたりに睨《にら》みつけるような視線を送りつつ、腹を据えた。

この男を殺さなかったことは、間違いではなかった。だが、結婚という話は、どう考えてもうさんくさい。何か裏がありそうだ。だったらそれを見破ってやる。パチャトを騙すつもりなら、絶対に許さない。

男は、国の南方にある名もない村の出身で、ロアソ家の三男のナーゲンだと名乗った。行商人の見習いから身を起こし、小さな帆船を手に入れ、近海の交易で成功し、ついには外海を行く船を持つに至ったという。

では、この男は豪商なのかと、ソナンは目を丸くした。それならば、仕事のうえのいざこざから、刺客を向けられることになったというのも、ありえるだろう。なにしろ豪商ともなれば、へたな貴族より金を持ち、へたな王族よりも力がある。

それほどの立場の男が、パチャトと結婚したがるというのはますます怪しいが、その一方で、それほどの男にとって、彼女を騙して得るものがあるとは考えにくい。彼女とシュヌア家とのつながりを最初から知っていて、そこに魂胆があるのかとも疑ってみたが、どう考えても利用価値が見いだせないし、ソナンの正体を知ったときの驚きが、芝居だったとは思えない。それに、もしも騙す必要があったとしても、人を雇ってやらせればすむことだ。豪商本人が乗り出す必要はない。

では、まさか、結婚したいというのは、本心なのか。

聞けば、これまで一度も妻帯したことはないという。仕事に夢中で、それどころではなかったと。

「だったら、跡継ぎを生んでくれる若い女性のほうがいいのではないですか。あなたなら、どんな女性も選《よ》り取《ど》り見取りでしょう」

話をするうちソナンの口調は、年上に対するていねいなものになっていた。内容は、辛辣《しんらつ》にならざるをえなかったが。

パチャトが無言で目を尖《とが》らせた。ナーゲンのほうは、微笑《ほほえ》んでいる。

「私は三男で、家を継ぐ立場にない。長兄には息子が何人もいるから、今後も継ぐ立場になるおそれはなさそうだ。故郷の家とは、たまに仕送りをする程度のつながりしか、いまはもたないしね」

よく見ると、ナーゲンの首もとには、古い刃傷があった。さきほどの冷静で無駄のない身のこなしといい、修羅場をいくつも潜《くぐ》り抜けてきたのだろう。

「それに、一代で築いた富を、あえて子孫に残そうという願いもない。だいたい私は、妻にふさわしい女性をさがしていたわけではない。実のところ、死ぬまで独り身でいようと思っていた。私は、自由を愛する人間なのだ。だが」

ナーゲンはそこで言葉を切って、横にすわるパチャトを見た。

「この人に、出会ってしまった」

その眼差しを見てもなお、疑いつづけることは難しかった。

3

雪が降っていた。

空から白いものが舞い落ちるのを見るたびに、雪という文字を名前にもつ、恩人でもある男の顔を思い浮かべたのも、もうずいぶん以前のことになる。この日のソナンは、羽毛のような雪片が闇《やみ》の中にふつふつと湧《わ》き出る夜空を見上げても、外套《がいとう》の前をかきあわせて、どうりで今夜は冷えるはずだと顔をしかめただけだった。それからわずかに身をかがめて、早足で歓楽街へと歩きだした。

安手の茶屋が並ぶ区域を通りすぎ、娼館《しょうかん》と居酒屋が入り混じる猥雑《わいざつ》な地帯を抜けると、街路のにぎわいがやや落ち着いた。そのあたりには、間口は狭いが奥行きのある、個室を備えた居酒屋が並んでいる。値段もそれなりの、未婚の貴族が行きつけにしておかしくない店ばかりだ。

歩いたことで、からだの芯《しん》はぬくもったが、耳と手の先が凍えていた。入って暖まる場所を物色するかのように、ソナンはゆっくりとした足取りで、左右を見ながら歩いていたが、一軒の店に、吸い込まれでもしたように、ついと身をすべらせた。

店は、八分ほどの混み具合だった。ソナンは少しのあいだ立ち止まり、先客に怪しい者がいないこと、彼に続いて入ってくる者や、入り口から中をうかがう人影がないことを確かめると、個室の並ぶ奥の通路へと足を向けた。

通路の手前に、腕と首の太さが常人の倍はありそうな禿頭《とくとう》の男が、足を伸ばしてすわっていた。男はソナンの顔に目をやると、誰何《すいか》もせずに足を引っ込め、彼を通るに任せた。

明かりを落とした薄暗い通路には、左右に合わせて六つの扉が並んでいた。この手の個室は、密会に使われることが多い。添ってはならない男女の逢《あ》い引き。政治的な密談。悪事の打ち合わせ。扉の向こうのどんな会話も、外に漏れることはない。

ソナンはどの個室の前でも足をとめず、突き当たりまで行って、麻織りの簾《すだれ》のような壁飾りをさっとめくった。すると、左角《すみ》――正面の石壁と左手の壁のあいだに、人がひとり通れるほどの隙間《すきま》が現れた。その奥は、文目《あやめ》もわかぬ真っ暗闇だが、躊躇《ちゅうちょ》もせずに踏み込んだ。

そこはもう、通路などとは呼べない、天然の洞窟《どうくつ》のような場所だった。あるいは、手掘りの隧道《ずいどう》。周囲の岩肌はごつごつしており、足もとも歩きにくい。こんなところを明かりもなしに、長く歩けるものではないが、七歩で終わりになることを、ソナンの足は覚えていた。

はたして、七歩目に、胸の前に立てていたてのひらが木の板に触れた。その手を握り、約束の回数、打ち付ける。

トン、トントン。トン、トントントン。

暗闇の中で待つ時間は、ひどく長く感じられる。だがこれも、七回息を吸って吐くほどの間に過ぎない。七度目に吐き切った息が届くか届かないかのとき、木板が横にガタンと動き、光がどっと襲ってきた。角灯《ランタン》ひとつの小さな明かりが源なのに、このまばゆさには、いつも痛いような思いをする。

木板の向こうは、窓のない小部屋だった。左手奥に石の階段があり、正面と右手と左の手前に扉がある。

中央に、背もたれの柔らかそうな椅子《いす》があり、その脇《わき》に男がひとり立っていた。中背で細身の三十がらみ。笑えば少年のような人懐《ひとなつ》っこい顔になるが、近衛《このえ》隊の精鋭にも負けない腕っ節の持ち主だ。一度たわむれに闘ってみて、本気でやりあいたくない相手だと思った。

男は、片手を上げるだけの挨拶《あいさつ》をよこすと、椅子にすわりなおした。ソナンは同じ挨拶を返して、無言で部屋を通り抜け、右手の扉を開けて廊下に出た。

そこはもう、居酒屋ではなく、母と母の再婚相手が暮らす邸宅だった。命を狙《ねら》われることもある豪商は、広壮な一軒家でなく、背中合わせの建物とのあいだに秘密の通路をもつ、こんな屋敷を住居としていたのだ。ああした通路はもうひとつあり、いずれも、ナーゲンが所有する居酒屋とつながっている。

おかげでソナンは、人に知られる心配をせずに、好きなだけパチャトのもとを訪ねられるようになった。出入りがどこからでも見えるため、月に二回の訪問がせいぜいだったかつての家は、転居のときに売り払い、いまでは知らない家族が住んでいる。少しさびしい気もするが、二度も殺されそうになった場所であることを考えると、縁が切れてよかったのだろう。

ナーゲンの住まいは、飾り気のない四階建てで、表から見ると下宿屋のようだった。中も、下宿屋のように簡素で部屋数が多い。特に二階以上には、寝泊まりできる小部屋がたくさんあり、表や裏からさまざまな人間が出入りしていた。表から来るのは、雇っている人間や、遠方から来た商売相手。裏からは、外聞をはばかる仕事仲間や、秘密の頼み事をする素性の怪しい連中だろう。

一階だけは新婚夫婦の私的な空間で、さっきの用心棒がいるために、そうした輩《やから》は入ってこない。

ふたりは食事中だった。食卓には、贅《ぜい》を尽くした料理の数々が並んでいる。ナーゲンは食い道楽らしく、こういうところには豪商らしい金遣いを示すのだ。

そして、時間をかけて食事をする。ソナンがこの家を訪れるのは、夕方から夜遅くまでのまちまちの時間になるが、だいたいいつも、ふたりは食卓についていた。料理が運び込まれたら使用人を退出させ、夫婦水入らずでゆっくりと、食事と会話を楽しむのだ。

「やあ、来たね」

ソナンの姿を見るとナーゲンは、立ち上がって、彼のための皿と杯を棚から出して食卓に並べた。

同じ財産家でも、王族や貴族だったら、こんなことは許されない。どんなに歓待したい客相手でも、身分の上からやってはならないことがある。食事のしたくや給仕は、そのいい例だ。

だがナーゲンは、豪商といえども商人だから、そうした決まりに縛られない。どこに住むかも、どんな家に暮らすかも、好きなように決められる。うらやましいなと、ソナンはちらりと思ったが、金だけに頼るその地位は、つねに脅《おびや》かされている。ひとつ打つ手を誤っただけで、すべてを奪われることもある。並大抵の能力と胆力ではつとまらない、厳しい立場でもあるのだ。

ナーゲンは、商いの世界の荒波を、うまく渡っているようだった。いつのまにか刺客騒ぎもおさめたらしく、大きな憂《うれ》いなく、手堅く商売を進めていた。

その手堅さがどこからくるか、彼と接しているうちに、ソナンにもわかってきた。住居からも知れるようにナーゲンは、すべてにわたって贅沢をしたい人間ではない。そのため、欲深く儲《もう》けようと無理をすることがないので、商人仲間に信用があった。誠実な人柄だが、潔癖すぎるわけでもなく、賄賂《わいろ》を使って王宮にコネをつくり、政治的に潰《つぶ》されないよう用心している。そのうえ彼には人望があった。

この家に出入りして、ソナンはそれをまざまざと感じた。ナーゲンの用心棒や手下はみな、彼を心から慕っている。これは、何よりの保身の術《すべ》となる。金や地位のある人間が破滅するのは、身近な人間の裏切りによる場合がほとんどなのだから。

ナーゲンは、さっぱりとした性格で、ものごとにこだわらないが思慮深い。最初のうちは、豪商に誠実な人間などいるわけがないと、疑心暗鬼で接していたソナンだが、ほどなく、この人は信頼できるという母の言葉は正しいと得心し、ふたりの婚姻に賛意を示した。

パチャトはふたたび、顔も知らないどこかの誰かの養子になって——今回は、貴族ではなく庶民なので、手筈《てはず》はずっと簡単だった——素性といえるものをこしらえてから、正式にナーゲンの妻となった。ソナンは秘密の通路を使ってこの家を頻繁に訪れているが、いまではパチャトとナーゲンと、どちらに会うのがより楽しみなのかわからなくなっている。

ふたりは一緒に暮らしはじめてからも仲睦《なかむつ》まじく、そのことにパチャトは、おかしいくらいにはしゃいでいた。どうやら前の結婚の経験が、彼女をおびえさせていたらしい。誰かと暮らすことが恐《こわ》くてしかたなかったのだと告白し、こんなに素敵なことだったら、もっと早く踏み切ればよかったと繰り返した。

母が幸せなのは嬉《うれ》しいが、その一方で、ソナンは複雑な思いも抱いていた。そこまで無惨《むざん》な結果となった婚姻から、自分は生まれ落ちたのかと考えると、苦々しい気持ちがするし、シュヌア将軍が新しい妻を迎えないのも、同じ恐怖心からだろうかと、常になく父を気遣う想《おも》いがわく。

とはいえ、ソナンの心を何より占めていたのは、母の夫と交流する楽しさだった。思えばソナンはこれまでの人生で、ざっくばらんに語り合える親しい相手を、ほとんどもたなかった。

孤独だった子供時代が終わって、近衛隊に入ったときには、友達ができたと思ったが、ソナンに悪い遊びを教えた同僚たちは、彼の不品行の度が過ぎるようになると、潮が引くように離れていき、困ったときにも知らぬ顔をした。あとから思えば彼らとのつきあいは、ごく表面的なものだった。

王都防衛隊に移って初めて、仲間と呼べる相手をもったが、彼らとのつきあいは、思い出したくないくらい悲しい終わり方をした。

弓貴《ゆんたか》では、語り合う人間に事欠かなかったが、ざっくばらんな四方山話《よもやまばなし》をする暇を、彼はもっていなかった。あの国に暮らす期間があんなに短くなかったら、もしくは彼があんなに忙しくしていなかったら、たとえば雪大《ゆきんた》とは住む場所の遠さを越えて、輪笏《わしゃく》の面々とは身分の垣を越えて、どれだけ親しくなれただろう。

時を忘れるほど楽しく語り合う相手として、最初にソナンの人生に現れたのは、パチャトだったといえるかもしれない。だが彼女とは、笑いあうほうが多くて、話題もかぎられていた。ナーゲンとは、何でもとことんまで話ができる。

正確にいうと、どちらにも、触れられたくない話題がある。だから最初はお互いに、左手に卵を抱いて右手で剣を合わせる練習をしているような、及び腰の会話になった。

ソナンは、弓貴について聞かれることが怖かった。外海を越える交易をしている豪商は、辺境に暮らしたことのある人間に会えば、あらゆることを知りたがるはずだ。

これまでソナンは、複雑な事情に守られて、特別な聞き取りのとき以外、あの国とは関わりのない人間であるがごとくに扱われてきた。交易に携わる役人に質問を浴びせられたことはなく、使節団の不祥事を検分する武官からさえ、あちらでの暮らしについて広範にわたった追及を受けずにきた。

考えてみれば、おかしな話だ。将軍たちの思惑がどうあろうと、国の利益につながる知識を引き出そうとする試みは、あってよかったはずだ。ソナンは漂着した辺境に仮暮らししていただけで、詳しいことを知るはずがないという思い込みに、疑いをさしはさむ者は本当に、誰一人いなかったのだろうか。それとも、いても、動きを封じられたのか。

おそらくこれも、王宮の中に、全体を見て政《まつりごと》を差配する人間がいないせいだ。おかげでソナンは助かったが、この国のことを思うと、ため息が出る。

ナーゲンには、「複雑な事情」からくる禁忌が存在しなかった。怖《おそ》れたとおり、三回目に顔を合わせたときにはもう、無邪気なようすで弓貴のことを聞いてきた。裁きの場などですでに明らかになっていることだけを短く話すと、そこにまた質問が重ねられる。ソナンが顔をこわばらせて黙り込むと、さすがにそこで話題を変えたが、残念そうにしていた。

貴重な特産品のある遠い異国の知識は、ささいなことでも大きな儲けにつながりうる。これであきらめはしないだろうとソナンは警戒を続けた。人柄を信頼しはじめてはいたが、相手は抜目のない商人だ。会話の中に罠《わな》を仕掛けて、なんらかの知識を引き出そうとするのではと。

だがナーゲンは、人がしりぞけた話題を蒸し返したりしなかった。雑踏の中で誰にもぶつからずに歩ける人間のような器用さで、話があちこちに飛ぶ会話をしながら、一度ソナンが拒否したことには、影にも立ち入ることがない。

パチャトに対してもそれは同じで、どうやらこれは、意識しないでもできる彼の特技であるようだ。話し相手を思いやる気持ちと、人の話を細部まで覚えておける能力がなくてはできないことだ。こういうところもナーゲンが、多くの人に慕われる理由なのだろう。

ナーゲンのほうも、結婚相手の息子を、当初は警戒していたようだ。なにしろ相手は警備隊の方面隊長だ。悪事を取り締まり、商人の不正の摘発もする組織の幹部だ。パチャトの手前、つきあいたくないとは言えないが、できたら家に招きたくないと思っていたのではないだろうか。

パチャトは、夫のそんな心情も、息子のとまどいも、まったく斟酌《しんしゃく》しなかった。もしかしたら、気づいてさえいなかったのかもしれない。無神経とも呼べる無邪気さで、大好きな人同士が仲良くしてくれたら嬉しいと、ふたりをぐいぐい結びつけようとした。おかげでソナンもナーゲンも、心中の壁をひとつ越えたところにある、互いの本性に触れあうことができたのだろう。

ソナンがナーゲンの人柄を知っていくのと時を同じくして、ナーゲンは、ソナンが職務に熱心でも、なんでも取り締まるわけではないことを、人々のあいだの評判と直接の会話から悟ったようだ。最初は口が重かった商売の話も、きわどいことまで語るようになり、おかげでソナンは世の中の動きを、市場や茶店で聞き耳を立てていたころより、はっきりとつかめるようになった。

たとえば、まだ多くの人には知られていないが、外海を旅する船に、新しい型のものが現れたという。嵐《あらし》にあっても揺れにくい船が、あらたな技術で造られるようになったのだ。そのやり方は、船体を二重にするという凝ったもので、建造の費用は数倍なのに、載せられる荷物は半分になる。交易の船としては落第だが、頑健とはいえない人間や、無茶な旅には連れ出せない高貴な身分の人々も、この船でなら遠方まで旅ができる。それが世の中をどう変えるのか。

また、大小いくつもの国がせめぎあっていた隣の大陸では、武力での征服や婚姻で五つの国にまとまって、互いににらみあっているという。そのうち一つは、交易で成功している中央世界のやり方を国づくりに取り入れて、決まり事に基づいた支配を推し進めている。いまは、首長の気紛《きまぐ》れですべてが動く他の四つの国より劣勢だが、うまくまわりだしたら力をつけて、大陸の覇者になるかもしれないと、ナーゲンは期待していた。

ここが商人のおもしろいところで、王宮の文官やソナンの父のような軍人は、他国が力を持つことは、自国にとって不都合だとしか考えられない。だが商人は、あちらの大陸に、大きな力を持ちながら中央世界と同じ理屈の通じる国ができたら、商売の広がる場所になると、胸を躍らせるのだ。

聞いていて、ソナンもわくわくした。身を乗り出して相槌《あいづち》をうつソナンの態度に、ナーゲンの舌はなめらかさを増し、ついには「パチャトが「男ふたりで、難しい話ばかりして」とむくれてしまった。とはいえ彼女は、ふたりが打ち解けたことに満足そうでもあり、三人を包む空気がなごやかさを失うことはなかった。

一度だけ、弓貴のことを尋ねられてソナンの顔がこわばったのと同様に、ナーゲンが会話の扉をばたんと閉ざしたように感じられたことがあった。ソナンが何気なく、屋敷の上の階に裏から出入りする人たちについて口にしたときだ。ああ、彼らのことを聞いてはいけないのだなと悟ったソナンは、ナーゲンに倣《なら》って、二度とそこには触れないようにしている。

避けなければならない話題を互いに確認したことで、よけいな気遣いがいらなくなり、ふたりはパチャトを交えて——時には彼女が眠ったあとまで——さまざまなことを話し込んだ。ソナンは王都の治安を鑑《かんが》みない王宮についての不満を、初めて人に話すことができた。ナーゲンは、同意を示しただけでなく、それはあの地位にいるあの人物の怠慢のせいだと、政治の裏についての知識を披露した。どこそこの街区で起こった騒動が、誰も咎《とが》められずに終わったのは、町の金持ちが王族の誰某《だれそれ》に頼み込んだからだといった、警備隊の人間が地団太を踏んで悔しがった顛末《てんまつ》のからくりも教えてくれた。

ソナンはそれを聞いても、人に漏らしたりしなかった。しても誰の益にもならない。ナーゲンはまた、彼が取り引きしている辺境の国の、奇抜な風俗について語ることがあった。ナーゲン自身は外海に出たことがないのだが、船乗りや子飼いの商人からあれこれ聞いていたし、トコシュヌコを訪れたそれらの国の人間と親しく交わってもいたのだ。

教えてもらうばかりでは申し訳ない気がして、ソナンは警備隊の仕事を通して得た知識のうち、悪党の新たな手口とか、肌で感じた街区の盛衰を語った。誰に話してもかまわないことだが、商売をしている者には利益に結びつけうる話だ。ナーゲンはありがたがってくれたものの、たいがいのことは、彼の知識のほうが深かった。

弓貴が、船や木材にもまして欲していた固い刃物についても、ナーゲンは知っていた。中央世界とも隣の大陸とも違う、第三の大陸にある国の、ごく一部の地域で採れる金属で作られているものだという。とても固くて岩をも砕くが、固すぎて鋭利な刃物に仕上げることができないため、紙や布はうまく切れない。用途が限られるので、希少ではあるが、驚くほど高値なわけではないという。

ソナンは、強絹《こわぎぬ》がいま、どこで作られるようになり、各国の商人たちにどんな評価がされているのか知りたかった。ナーゲンならば、そうしたことも正しく把握しているにちがいないが、弓貴の話題を拒否しておいて、知りたいことだけ尋ねるのは気が引けた。

だが、だんだんと、この人にならそんな遠慮はいらないのではと思えてきて、ついに先日、思いきって聞いてみた。ナーゲンは、眉《まゆ》を一度ぴくりとさせたが、どうしてそんなことを知りたいのかと問うこともなく、教えてくれた。

強絹は、原産地以外では、トコシュヌコの国内と、辺境にあるトコシュヌコの支配地の二カ所で生産がおこなわれており、市場に出回る量は増えつつある。だが質は、原産地のものがいちばんなので、弓貴産の強絹の値は、ほとんど下がっていない。とにかく人気の商品なので、これからも、下がることはないだろう。

まさに、こうあってほしいと願っていた話を聞いて、からだが浮き上がりそうなほどの安堵《あんど》を覚えた。だが、喜びを面に表すわけにはいかない。無理して口元を引き締めたら、変な顔になったのだろう。ナーゲンは吹き出しかけたが、からくもこらえて、そ知らぬ顔でいてくれた。

それで図に乗ったソナンは、雪のちらつくこの夜も、聞きたいことをひとつ抱えてやってきた。複雑な事情に守られて、弓貴で暮らした日々のことを詮索《せんさく》されずに今日までできたが、裏を返せば、あの国について知りたいことがあっても、人に尋ねるわけにはいかないということでもあった。世間に広く知られていて、何人かにちょっと聞いてみるだけでわかるようなことでも、そぞろ歩きで噂話《うわさばなし》に耳を傾け、偶然聞ける日を待つしかなかった。

だがナーゲンは、ソナンが何に関心をもったか、誰にも言わずにいてくれる。そのうえ、へたな役人より交易のことに詳しい。ありがたい相手と恋におちてくれたものだと、ソナンはパチャトに感謝した。

知りたいのは、弓貴の「代王」が誰なのかだった。

代王とは、王都に常駐する使者のことだ。「大交易時代」が始まった当初は、使節団と交流する暇さえほとんどもたなかった大臣や役人たちも、いまでは腰を据えた対応ができるようになっていた。交易の相手国が定まり、船の行き来や荷のやりとりが安定してきたからだ。それでも、国対国で話し合い、解決しなければならない問題は尽きることがない。そこで、中央世界のいずれの国もこのごろは、交易の相手国の高官を国内に住まわせて、いつでも話し合いができるようにしはじめた。その高官は、自国にいちいち問い合わせず、王などの君主に代わって決断をくだすほどの権限をもった者たちなので、「代王」という名になったのだ。

ソナンは、こうした変化を耳に入れるや、弓貴からも代王が来ているのか、来ているとしたら誰なのかが気になった。

この役目に誰よりふさわしいのは、星人《ほしんと》だろう。本人も、来たがるに決まっている。けれども、あのはしっこすぎる男を上下の丞《じょう》が、まったく目の届かないところに置くだろうか。次に考えられるのは庫帆《くらほ》の督だが、彼には少し頼りないところがある。それに、さすがに督は、長く領地をはなれる役目につかないのではないか。ならば、庫帆の重職者の誰かだろうか。それとも、身分が低くても、勘定方の役人から、交渉に秀《ひい》でた者が選ばれたのか。

考えだすと、気になってしかたなくなった。誰が代王か、知ったところでどうなるものでもない。会いに行くわけにはいかないし、連絡をとる気もない。けれども、考えれば考えるほど、知りたい気持ちがつのってくる。この手の無意味な欲求は、ずっと我慢し抑えてきたが、いまはナーゲンがいる。これまで許されなかった甘えが、少しだけ許されるのでは。

耳や指先が凍える夜道を、白い息を吐きながら、そんな思いに胸をあたためて、ソナンはこの家にやってきたのだ。

夜も更《ふ》けて、パチャトが大きなあくびをして寝室に引き上げると、ソナンはまず、代王という制度をどう思うかと話を振った。

「いつかは必ずこうなっただろうという、当然の形かな。話し合うべきことが出てくるたびに、何カ月もかけて使者を行き来させてはいられないからね。とはいえ、王宮が交易に口をはさみやすくなって、我々としては迷惑な変化でもある」

ここだけの話だよ、という顔をして、ナーゲンは本音を語った。

「辺境の、変わった風俗をもつ国から来た代王たちは、こちらの暮らしになじめているのでしょうか」

「なじめているんじゃないかな。服装も生活も、すっかりトコシュヌコ風にしている代王が多いそうだよ。公式の場には、それぞれの国の正装で現れるから、派手というか、人目を引くというか、奇抜な衣装を披露するが、ふだんは、金回りのいい代王など、貴族と変わらない格好で、歓楽街を飲み歩いている。君も、そういう人物の一人や二人は、名前を聞いたことがあるんじゃないか」

「ええ、まあ」

金をふんだんに持っているが、トコシュヌコの礼儀にうとい代王が、歓楽街で問題を起こすことがあり、警備隊を悩ませていた。

「だが、ほとんどの代王は、品行方正だ。国を代表していることを思えば、当然のことだが」

「そうですね」

ここからどう、知りたいことに話をもっていこうか知恵を絞ってみたが、いい考えは浮かばなかった。どんなにごまかしても、どうせ見透かされるのだ。ここは単刀直入にいこうと決めた。

「弓貴の代王が、どんな人物か、ご存じですか」

強絹について尋ねたときと違ってナーゲンは、驚きをはっきりと表した。

「君は、知らないのか。王都に到着したとき、けっこうな噂になったのに」

「知りません」

警備隊の中に、ソナンの前でうっかり弓貴の話をする者はいない。この家を訪れるようになってから、市場をうろつくのも、長々と茶屋にすわって噂話を集めることもやめていた。

ナーゲンは、杯の中の酒をちょっと揺らしてから唇を湿らせた。

「あの国の代王としてやってきた人物は、なんと、ご婦人だったのだよ」

予想外の話に、ソナンは何の反応も示すことができなかった。

「女を高い地位につける国が、辺境にはあると聞いていたが、代王というのは、お飾りの役職ではない。難しい交渉を実際におこなわなければならないのだ。女でつとまるのかと、交易大臣たちは気を揉《も》んでいたようだ。だが、着任して半年になるが、面倒が起こったという話は聞かないから、だいじょうぶだったのだろう」

「あの国の人間は、男も女も、理屈の通った話ができます」

ソナンは初めて、弓貴に暮らしたことで得た知識をナーゲンに語っていたが、自分ではそのことに気づいていなかった。頭の中が、いま聞いたことでいっぱいだったのだ。

代王が女？　確かに弓貴では、女性も高い地位につけると聞いていた。三の丞が生まれなかったら、四の姫が次代の六樽《むたる》様だったくらいだ。けれども、都でも輪笏でも、侍女以外の役人はみな、男だった。高貴な女性を奥に押し込め、人目から遠ざけることについては、中央世界よりあちらのほうが熱心だった。ましてや遠い異国への派遣だ。女性を選ぶなど、通常では考えられない。いったいどうして、そんなことになったのだろう。それに、その女性は誰だろう。

もしかしたら、四の姫か。「代王」という名称から、国の首長、すなわち六樽様に代わりうるほどの地位の者でなければいけないと捉《とら》えてしまい、四の姫が選ばれたのか。

だがあの人は、雪大《ゆきんた》の「ご令室様」で、鷹陸《たかりく》の布仕事をまとめる役目もある。雪大は承知したのか。六樽様のご命令だから、泣く泣く従うしかなかったのか。

「ソナン？」

ナーゲンが、小首を傾《かし》げて彼を見ていた。

「だいじょうぶか。この話を、まだ続けてもいいだろうか」

気遣わしげに眉根を寄せている。

「だいじょうぶです。教えてください。弓貴の代王について、ほかにご存じのことはありますか」

ナーゲンは、ちょっとのあいだ考えてから、口を開いた。

「大臣らの心配はともかく、庶民のあいだで大きな噂になったのは、到着したときの服装が、ずいぶんきらびやかだったからなんだ。あの国が質の高い布の産地であることは、商人のあいだでは知られていたが、庶民にとっては無名の国だ。せいぜいが、雨が降らないとか、髪が緑色だとかの、珍奇な部分が噂にのぼっていたくらいで。そこに、高貴な女性の派手な衣装を見せつけられて、度肝を抜かれたようだ。おかげであの国の布の価値が、また少し上がったんじゃないかな」

それが弓貴の狙いだろうか。強絹が行き渡ったあとは、いよいよ鬼絹で打って出ることになる。評判を少しでも上げられるなら、上げておくに越したことはない。そして、女性の貴人の正装は、男性のものより華やかだ。身にまとっているだけで、多くの人に弓貴の布の魅力を伝えることができる。

だとしたら、代王は女でさえあればいいのだから、高貴な出である必要はない。もしかしたらソナンが知らなかっただけで、勘定方の役人の中に女性がいて、この役目が果たせそうな賢い誰かが抜擢《ばってき》されたのかもしれない。

そんなソナンの憶測は、ナーゲンの次のせりふに打ち消された。

「ほかに私が知っていることは、代王が、あの国の王の娘だということだ」

ではやはり、四の姫なのか。

緊張に、首がこわばり、息までとまった。

我ながら、おかしな反応だと思う。代王が誰か知りたかったのは、ただの好奇心からだ。誰であろうと、ソナンにとっては同じこと。接触するつもりはないし、向こうからもそうだろう。四の姫だったとしても、それがなんだ。こうまで驚くことはないではないか。

ソナンが自分をたしなめるなか、ナーゲンの話は続いた。

「たしか、六番目の娘ということだ。やはり、辺境の王は子沢山だな」

ソナンはとめていた息を、そっと吐いた。

六の姫か。どんな顔の、どんな人物だったろう。記憶をあさってみたが、どこに嫁いだかも覚えていなかった。もしかしたら嫁いでいないか、早く夫を亡《な》くしたのかもしれない。それで、この役目に選ばれた。四の姫や七の姫の姉妹なのだから、難しい交渉がこなせる女性であって不思議はない。

　首のこわばりはほぐれていた。代王が誰なのか、知りたいという欲は満たされた。口をきいたこともない六の姫ならば、同じ街に暮らしていることを意識して、うろたえてしまうおそれはない。

「ああ、そうだ」ナーゲンがぱちんと手を叩《たた》いた。「一度、名前を聞いた。異国の名前はややこしいから、うまく思い出せるか自信がないが……」

　ナーゲンは、まぶたを閉じて、見えない手で頭の中をまさぐっているような顔つきになった。ナーゲンの記憶力なら、きっと正確な名前が出てくるだろうと、ソナンは待った。

　ナーゲンが目を開いた。

「まったく、異国人の名前は呪文《じゅもん》のように感じるよ。たしか、ムで始まる名前だ。えーと、ムタ……、ルノロ・クジョナナ。うん、そうだ。ムタ・ルノロ・クジョナナだ」

　確かに呪文のように聞こえた。弓貴の言葉を知らないナーゲンが、おかしな発声をするからだ。だが、「ムタ・ルノロ・クジョナナ」の「ジョ」までの部分は、「ムタル・ノ・ロクジョ」だと、ソナンには察することができた。代王の身の上を、トコシユヌコの名乗りに合わせれば、「六樽の六女」となるだろう。

しかし、最後のナナというのは何だ。なぜ六の姫が、そんな自称をするのだ。

そこまで考えたとき、ソナンは「あっ」と叫んで立ち上がった。

六樽様の六女は、六の姫ではない。あの国では、三という数が大事にされ、男子がいない場合、三番目の姫が跡継ぎとして育てられる。いまの六樽様は、七人の姫が生まれてのちに、男のお子様が誕生した。その結果、それまで三の姫と呼ばれていた方は跡継ぎではなくなり、四の姫となった。

つまり、四人目の女児が生まれたとき、「四の姫」という座をとばして、五の姫と名付けられたのだ。

五人目は六の姫。

六人目は、七の姫。

カタカタと、陶器の皿が小さく音をたてていた。食卓についていたソナンの手の震えが伝わってのことだ。彼の心臓は、それより大きな音をたてていた。

「ソナン?」

ナーゲンの声が聞こえた。返事をしなければと思ったが、口がこわばって動かない。それどころか、胸がつまり、頭が混乱して、手の震えをとめることさえできなかった。

動揺を悟られてはいけないのに、もはやそれどころではない。

すると、ナーゲンも立ち上がった。大きくのびをして、のったりとした口調で言う。

「なんだか眠くなってきたよ。寝所に引き上げさせてもらうが、君はどうする？　泊まっていくか」

隣室に、ソナンのための寝台がいつも用意されている。だがソナンは、「いいえ」と声を絞り出した。「帰ります」

それから、ナーゲンに背を向けて歩きだした。早くひとりになりたかった。小さな部屋に閉じこもるのでなく、好きなだけ歩き回れる広いところで。

来たときと別の居酒屋を通って、街路に出た。雪はすでにやんでいたが、空気はさらに冷たかった。ソナンはひたすら歩いていった。

4

小さな広場は闇《やみ》の中にあった。

空は曇りで、半月がときどき顔をのぞかせるものの、星は見えない。地上には、周囲の建物にも広場の中央にそびえる街灯にも、明かりはない。

あの街灯の下で手仕事や読みものをしていた貧しい人らが、なけなしの着衣や書物を盗まれるという事件が起こり、ソナンはかつて、下宿への帰りに寄り道をして、広場にいる人に注意をうながしたものだった。

だがいまは、そうした心配はないようだ。街灯は、かえって危険だから点《とも》すのをやめたのか。それとも誰かの怠慢で、壊れたままになっているのか。この街区の担当をはずれて久しいソナンには、どちらともわからなかった。

彼は広場に立ち入らず、あんなにも貴重な出会いの場となった街灯の下の縁石に、目をやることもしなかった。通りすがりに目の隅で、街灯が消えているのをとらえはしたが、広場の脇《わき》を足の運びをゆるめることなく通りすぎた。

彼はいま、赤が原に畑を拓《ひら》くと決めたとき以上の大きな決断を、実行にうつそうとしていた。その最初の一歩を前にして、広場の街灯のことなど、意識の端をちらりとかすめただけだったのだ。

路地に足を踏み入れた。きょろきょろと頭をめぐらせたりはしないが、つけられていないか、彼に注目している者はいないか、周囲の気配を全身でさぐりながら進んでいく。貧しい下宿屋が並ぶ裏道は、息をひそめたくなるほど静まりかえり、人っ子一人いなかった。

建物の三階にある、あの部屋の窓が見えるところに近づいた。二回しか訪れたことのない部屋だ。この路地を通ったことさえ、三回しかないのだが、そのたびに窓の奥に明かりがあった。

それが、さっきの街灯のように消えているのか、いないのか。消えているなら、それまでだ。彼の大きな決断も、ずっと考えつづけてきたことも、無駄だったことになってしまう。それはそれで、危険に飛び込まなくてよくなるのだが。

この路地に入ってからも、建物の窓に明かりはひとつも見られなかった。油代にも事欠く住人たちは、こんな時間まで起きてはいないのだ。

けれども、もしも、あの部屋の窓だけ明るかったら――。

あと数歩で、それが確かめられるというところまで来たとき、目の前を、すうっと白い薄片が横切った。

名残りの雪の一片《ひとひら》か。それとも、早咲きの花樹から舞った春の便りか。

どちらでも、おかしくない季節だった。

弓貴《ゆんたか》の代王のことを聞き、ナーゲンの住居を飛び出した真冬の夜、ソナンの頭は、竈《かまど》の上の鍋《なべ》のように煮え立っていた。自分がどこにいるか定かでないまま歩いていたのに、足の運びは猛々《たけだけ》しく、約束に遅れそうになっている者のような早足だった。何から考えていいかわからないから、何も考えていなかったが、足でも動かしていなければ、かっかと燃える

深夜の王都は、歓楽街を抜けると人気《ひとけ》がなく、あたりは静まり返っていた。けれども、まったくの無人というわけではない。闇にまぎれて悪事を働こうとする人間が、あちこちにひそんでおり、目を開いていても何も見ず、自分がどこにいるかもわからないまま彷徨《ほうこう》している人間は、格好の餌食《えじき》といえた。

ソナンがぶじでいられたのは、腕利《うでき》きの警備隊員として、悪党たちに顔が売れていたからだろう。闇にひそむ男たちは、これは何かの罠《わな》だろうかといぶかりながら、魂の抜けた顔で歩いていくソナンを見送ったのにちがいない。

ふたつの街区を通りすぎ、街灯のまばゆい大通りに出てやっと、混乱のきわみだった頭の中が、ほんの少し落ち着いた。とにかく、最初に考えなければならないのは、弓貴の代王がほんとうに七の姫かということだと、思いつくことができたのだ。

もしそうだったらどうしようという動揺を、ぐいとあちらに追いやって、つとめて冷静になって考えた。

まず、ナーゲンの話すことは、これまでいつも正確だった。特に、数字や名称に関して、彼が間違えたことはない。だから、弓貴の代王が「王」の六女というのはきっと、そのとおりなのだ。そして、中央世界の数え方をすると、六女は七の姫だ。しかも、最後の名前の部分が「ナナ」なのだから、「ムタルノロクジョナナ」と名乗る代王が、彼の妻の七の姫であることに、間違いはなさそうだ。

しかし、そんなことがありえるだろうか。彼女には、まだ幼い息子がいる。子供を置いて長旅に出ることは考えにくいが、連れてきているとも思えない。まさか、空大《そらんた》は死んでしまった?

真冬の夜気より冷たい風が、心臓をさっと取り巻いた。

ソナンは足をとめて、両手をぐっと握り締め、不吉な想像を頭の中から追い出した。

子供という問題の前に、あれほど過酷な船旅へ、六樽《むたる》様が女性をおやりになるなど考えられない。それでも、弓貴の代王が女性というのは、大きな噂《うわさ》になったくらいだから、確かなことだ。もしかしたら、強絹の儲《もう》けであの国は、揺れにくいという新式の船を手に入れたのかもしれない。

じっと立ち止まっていると、寒さが芯《しん》までしみてきた。ソナンはシュヌア家の屋敷に向かって歩きだした。

七の姫は、小柄で弱々しく見えるが、辺鄙《へんぴ》な岩山での暮らしにも耐えたように、実はなかなかたくましい。それに、賢い。代王の役目がじゅうぶんにつとまる女性だということを、ソナンはよく知っている。

それに、弓貴とトコシュヌコのあいだで、これから深刻な話し合いが生じるとしたら、それは鬼絹のことになるだろう。七の姫以上に、その交渉に適した者はいないのではないか。

そう考えると、代王が七の姫であって、おかしくない。

問題は、ここからだ。

七の姫がこの街にいる。半年前から、ずっといた。

それを知って、これから彼はどうすればいいのか。

うつむいて、外套《がいとう》の前をかきあわせて、ソナンは歩きながら考えた。

どうもしない。代王が誰かわかっても、もともと何もする気はなかった。連絡をとるわけにはいかない。いっさい接触してはならないのだから。

むしろ、七の姫とわかったからには、できるだけ避けるようにすべきだろう。偶然に出会いそうな場所には、絶対に近づかないようにする。彼女の姿を見たらソナンは、どうがんばっても平静ではいられない。誰かが何かを勘繰りはじめることになる。

だが、彼は我慢できるだろうか。七の姫がこの街にいると知ったのに、彼女の姿が見られそうな場所に行くことを、長く我慢できるだろうか。

ソナンはふたたび足を止め、両手で顔をばちんと叩《たた》いた。顔の皮膚もてのひらも、寒さに固まっていたので、予期した以上に痛かった。

もう一度、叩いた。眼《まなこ》に涙が浮いて出た。

六樽様は、どうしてこんな試練をお与えになったのだろう。彼が七の姫のこととなると、我を忘れてとんでもないことをしでかしかねないと、ご存じのはずなのに。

三度目に顔をばちんと叩いてから、ソナンは決めた。これほど動揺している様を、人目に晒《さら》すわけにはいかない。明日から何日か休みをとろう。からだの具合が悪いといって、屋敷の自室に閉じこもり、この混乱をしずめよう。しずめて、覚悟を固めるのだ。七の姫に会いには行かない。偶然姿を見かけそうなところに、足を向けない。万が一、行き合うことがあっても、知らぬ顔で通りすぎる。

それができるだけの覚悟を、しっかりと固めるのだ。

その十日後、それとはまったく違う覚悟を、ソナンはしっかりと固めていた。

休みをとった十日間を、彼は領主館で過ごした。ちょうど冬の領地訪問の時期だったし、そちらのほうが、終日人に会わずにすむ。ホルノの妻に食事の世話だけ頼み、領主館を一歩も出ずに、昼も夜も悶々《もんもん》と歩き回った。

弓貴の代王がトコシュヌコにやってきて、もう半年がたつという。母が再婚するより前、ソナンがナーゲンと初めて出会う以前から、ナナは王都に住んでいたのだ。いまさら何を騒ぐことがある。

そう自分に言い聞かせても、何の役にも立たなかった。領主館を飛び出して、馬を走らせ王都に戻り、ナナを探し回りたいという思いを押しとどめるのが精一杯で、領主館に来て三日が過ぎても、悶々とした思いは少しも軽くならなかった。

時には冷たい水を頭からかぶり、七の姫に会いたい気持ちを消せないでいる自分を戒めた。けれども、水を吸った髪の重みに、彼女の膝《ひざ》で頭を染めてもらったことが思い出されて、会いたさがますますつのった。

そんなとき、ふと、七の姫はどんな気持ちでいるのだろうかと考えた。

代王としてトコシュヌコに来たのは、六樽様のご命令でしかたなくか。それとも、本人が望んだことなのか。いずれにしても、同じ街に彼がいることは知っているはずだ。ナナのほうも、少しは会いたいと思ってくれているのだろうか。

ソナンがトコシュヌコの換語士として弓貴に戻ったとき、ナナは都に来てくれた。すれ違いになってしまったが、懸命に都の人たちを説得してのことだったようだ。だがあれは、父親の顔を知らない空大に、一目姿を見せたいと思ったからだ。彼女自身がどうだったかは、わからない。

そこまで考えが及んだとき、その〝一目〟がどんなものになったかを思い出して、心臓がぎゅっと小さくかたまったような痛みを覚えた。胸元をつかんでうずくまり、しばらくソナンは動けずにいた。

夕食のにおいが漂ってきたころ、ようやくそこから立ち直り、考えを推し進めた。

この半年、ナナは彼を捜しただろうか。捜すといっても、トコシュヌコの人間に、ソナンについて尋ねたりはしていないだろう。そうしてはいけないことを、弓貴の人々はわかっている。けれども、外出のとき、あたりに目を配ったり、彼がいそうな場所を歩いてみたり、それくらいのことはしただろうか。

したくても、できなかったかもしれない。ソナンがどこにいそうかなど、遠い異国から来た者に、わかるはずがない。

けれども、輪笏《わしゃく》には少なくとも三人、王都の事情に詳しい人間がいる。勉強のため派遣され、こちらに住んだことがある者たちだ。そのうちの家人《いえんと》は、都市警備隊の制服を着たソナンと会っている。その手がかりをもとに、七の姫は、警備隊員に会えそうな場所を出歩いているかもしれない。

だが、それはどこだ。警備隊員は見回りで、王都の中をくまなく歩く。そんな手がかりは、ないと同じだ。ソナンがどの地区の担当かわかれば話は別だが、それを知るにはトコシュヌコの誰かに尋ねねばならない。そんなことはしていないだろう。そうしてはいけないことを、弓貴の人々は知っている。

では、七の姫はこの半年、何を考え、どうしていたのか。彼に会おうとしてくれたのか。けれども、それには――。

ソナンの思考はぐるぐると、同じところを回っていた。

九回目くらいに家人のことを考えたとき、ぐるぐるからの出口を見つけた。七の姫が代王としてはるばる海を渡るなら、都の役人だけでなく、輪笏からも側仕えの者が同行したにちがいない。照暈村《てかさ》でナナを支えたあの侍女とか、空人《そらんと》の身兵の何人かとか。それに、もしもソナンが、異国に赴く督のご令室様のお供を選ぶ立場にあったなら、かつてその国に勉強に送った人間を、案内役につけるだろう。

つまり、家人か岸士《きしんし》が、ふたたびトコシュヌコに来ているかもしれない。

そう思いついたとき、ソナンは二階にいたのだが、足が勝手に動いて階段を駆け降り、玄関まで走って扉に手をかけた。

そこでようやく我に返って、手を引っ込めた。その手を意味もなく見つめてから、ずるずるとすわりこんだ。

どこに行こうとしていたのだ。彼らが王都に来ていたとしても、あの下宿に住んでいるわけがない。七の姫の供は全員、代王の屋敷に住んでいるはずだ。でないと用を果たせない。

悄然《しょうぜん》と立ち上がり、うつむいたまま階段に向かい、一段一段をたしかめるように踏みしめて上るソナンの頭の中は、またぐるぐると同じところを回りはじめた。

だから、どうした。誰が輪笏から来ていても、そして、そのうちの何人かがあの下宿に住んでいたとしても、会いに行くわけにはいかないのだ。結局、同じことなのだ。会いたい。会えない。会うわけにはいかない。でも、会いたい。いっそ、代王が誰かを知らなければよかった。

そうだろうか。何年かのち、実は七の姫がこの王都に住んでいたが、すでに帰ってしまったと聞くことになったら、知らなかった自分を絞め殺したくならないか。

そうだとしても、いまの煩悶《はんもん》よりましだろう。ああ、せめて、あの下宿に行って、家人に会いたい。会って、聞きたい。七の姫はどうして海を渡ったのか。少しは彼に会いたいと思ってくれているのか。

けれども、あの下宿に、弓貴の人間がいるはずがない。全員が代王の屋敷にいるにきまっている。あんな貧しい地区に住んでいるわけがない。

廊下の窓側の壁に寄りかかって――つまり外の景色をながめもせず、冷たい石の床だけを見つめるソナンの心は、物思いの迷宮に閉じ込められたままだった。

誰でもいい。輪笏から来た誰かに会いたい。だが、代王の屋敷がどこかわかっても、近づくわけにはいかない。あの下宿には、誰もいるはずがないし、ほかには何も、彼と輪笏から来た人々をつなぐよすがはない。

疲れて思考が立ち止まった。ソナンは、いま考えていたことだけを、じっと見つめた。

ほかには何も、彼と輪笏から来た人々をつなぐよすがはない。

ほかには何も、よすがはない。

あの下宿は、彼と輪笏を人知れずつなぐ、唯一《ゆいいつ》の手がかり。

あの下宿だけが、こっそりと連絡をとれるかもしれない、小さな希望。

そのことを、彼だけでなく、輪笏の人間も知っている。

胸が高鳴り、真夏の太陽の下で水たまりが干上がっていくように、頭の中の淀《よど》みが消えていく。

もしも七の姫が、彼に会いたいとか、何かを伝えたいと思ったら、あの部屋に人を置かないだろうか。あれからずいぶん経《た》ったから、一度は引き払ったかもしれないが、また借りればいいのだ。

夜のあいだだけでも人を置き、一晩じゅう明かりを灯《とも》し、ソナンを――空人を待つ。大変な手間だし、金もかかる。けれども、彼らは忍耐づよい。義理堅い。理屈を突き詰め、相手にも同じことを期待する。七の姫がトコシュヌコに来ていることを知ったなら、彼はあの下宿を訪れるのではないかと、輪笏の人々が考えたとしたら、そうしていてもおかしくない。

迷宮は消え、すっきりと頭の中が晴れ渡った。

あそこで誰かが、彼を待っているかもしれない。半年前から、辛抱づよく。

そう思ったら、腹にぐっと力が入り、領主館に根を下ろした巨木にでもなった気がした。

さっきまでと違って、逸《はや》る気持ちはみじんもなかった。彼らがそんなに辛抱していてくれたのなら、こちらも辛抱づよくあらねばならない。なにしろ、あの下宿は、彼と輪笏をつなぐ唯一のよすが。不用意に動いて危険に晒してはならないのだ。

七の姫が王都にいることを知ってから、彼は平静でいられなくなり、休みをとって領主館に閉じこもった。からだの調子が悪いと言い訳したが、多くの人が、ソナンはいったいどうしてしまったのかといぶかしみ、彼の動向を注視していることだろう。だから、時をおかねばならない。知らないままに半年も過ぎてしまったことを思えば、一日も早く行動したいところだが、あせってはだめだ。

ソナンは領主館の滞在を切り上げず、予定の日まで閉じこもった。けれども、ただ時間潰《つぶ》しをしたわけではない。最初のころのように悶々としていたわけでもない。彼はひたすら考えた。あの下宿に行ってみるまでに、どれくらいの時をおくべきか。行ってみて、輪笏の人間に会えたら何を話すか。

できることなら、七の姫に一日会いたい。その相談はできるだろうか。

会うといっても、彼女とふたりきりで忍び逢《あ》うなどという、大きな危険はおかせない。ソナンの周囲への影響だけでなく、彼女の代王という立場を考えたら、絶対にだめだ。けれども、遠くから姿をながめるだけなら、人に気づかれずにできるのでは。

その場合、ながめる側のソナンは、隠れた場所にいなくてはならない。彼女の姿を目にしたら、平然としていられないから、人に見られないところ――どこかの建物の一室などから、こっそりのぞき見るかたちをとるしかない。弓貴で、婚儀の前に、人違いでないことを確かめるためにのぞいたときと同じように。

反対に、ナナが彼の姿を見たい場合も、どこかからのぞき見てもらうようにしよう。彼が日々通る道を伝えておけば、いつがそうか知らないうちに、見てもらうことができるだろう。知ってしまうと、やはり彼は目に見えて動揺してしまい、人の不審を招いてしまう。

輪笏の人間に接触できるのは、一回きりと考えなければならないだろう。あの部屋に誰かがいたとしても、一度訪ねたら今度こそ、永遠に引き払わせなければいけない。

そこまで考えたとき、ナーゲンの屋敷をその後の連絡場所にすることを思いついた。秘密の通路のあるあそこなら、人に知られずに会うことができる。

だがソナンは、すぐにその考えを投げ捨てた。ナーゲンを、そこまで信用するべきではない。大事な秘密は、知る人が少ないほど守られるのだ。

あの土地と、いつまでもつながっていたいというのは、甘えだ。そんな甘えは捨てねばならない。輪笏の人間と話ができるのは、ただ一度。そう定めて、唯一の機会に言うべきこと、聞くべきこと、確認すべきことを考えておくのだ。

七の姫がなぜ代王になったのか、どういう気持ちでこの国に来たのかは、きっと教えてもらえるだろう。それだけでも、あの下宿を訪れる甲斐《かい》がある。

弓貴の人々への伝言も、今回はたくさん託せるのではないだろうか。この街でも弓貴でも、一言も別れを告げずに置き去りにしてしまった山士《やまんし》への詫《わ》びとか、馬と通行証を用意してくれた雪大《ゆきんた》への礼とか。手紙を渡すことだって、できるかもしれない。なにしろ今度は、代王の屋敷まで運べばいいだけなのだ。盗《と》られたり見られたりする危険はぐっと小さくなる。

だが、小さくても、危険をおかすのはやめようと思った。ナナと彼とが姿を見せあうことも、ほんとうはやめたほうがいいのかもしれない。むしろ、偶然出会ったりしないための取り決めをするのが、賢明な態度といえるのかも。

ナーゲンがパチャトに向けた眼差《まなざ》しだけで、彼の本気が確信できたことを、ソナンは思い出していた。恋する気持ちは、隠したり誤魔化したりができないものだ。どんなになにそ知らぬ顔をしたつもりでも、闇夜の街灯のように明白で、まわりの誰もが気づいてしまう。ソナンがナナを眺める姿を、万が一にも誰かに見られてしまったら――。

背筋をぞっと震わせてから、考えた。見られてしまったら、どうなるのだろう。夫婦だったことが、ばれる？　ソナンが、考えられていたよりはるかに深く、弓貴の社会に入り込んでいたことが悟られる？　ひいては鬼絹のことが、作り方の秘密まで、引き出されてしまう？

ソナンは、寄り目になるほど眉根《まゆね》を寄せて、考えた。

そんなことが、あるだろうか。もちろん、最悪から目をそらしてはいけない。あらゆる危険をよく考えて、用心することは大切だ。しかし、彼がナナをながめる姿を目にする人があったとしても、その人は、ふたりが夫婦だと考えるだろうか。夫婦のあいだの恋心は、雪大と四の姫のように、穏やかで落ち着いているものだ。けれども、ソナンがナナを見つめる目は――しかも、数年ぶりに見つめる目は、片恋に苦しむ男のものになってしまうにちがいない。

だとしたら――。

その夜ソナンは、椅子《いす》に深く沈み込み、腕組みをして、まんじりともせずに過ごした。朝の最初の光が差し込んで、まぶしさに目を細めたとき、心を決めた。

一度姿を見せあうだけで終わらせはしない。ナナをこの手に取り戻す。

それができるかもしれない道が、ソナンには見えていた。とても細くて脆《もろ》い道だが。

領主館での残りの日々を、ソナンは頭の中にその道を描いて過ごした。予定の十日が経ったとき、踏み出す覚悟がしっかりと固まるほどに。

細くて脆い道だから、慎重の上にも慎重をかさねて進まなくてはならない。

そのため、あの下宿に行ってみる日は、二カ月後と決めた。今回のソナンの変調を周囲が忘れるまで待たなければならないし、踏み出すと決めた道をどう進むか、細かなことまで考え尽くしておくのにも、それくらいの時間はかかるだろう。

二カ月も待てるものかと、おのれの短気を案じたが、心配はいらなかった。事の困難さを前にして、怖《お》じ気《け》づくことはあっても、気持ちが逸って駆け出しそうになったりしないまま、二カ月が過ぎた。

満月を避けてさらに七日を待ってから、ナーゲンの家へと出かけた。いつものように歓談し、来たときと別の居酒屋から外に出た。さらにあちこち歩きまわって、誰にもあとをつけられていないことを確認し、かつて家人と出会った界隈《かいわい》に足を向けた。

街灯の消えた広場の脇を通りすぎ、路地に入り、ソナンはついに、窓の明かりが確かめられる場所までできた。

明かりがあれば、この途方もない考えは、彼ひとりのものではなくなる。七の姫の耳に伝わる。

そして、彼女が同意したら、ふたりで踏み出すことになる。後戻りのできない、細くて脆いその道を。

それから九日後のこと、ソナンは騎馬で、担当する詰所のひとつに向かっていた。通い慣れた道だから、目をつぶってでもたどれるが、ソナンは目を開いていた。見開きすぎるほどではない。この二カ月半、こんな場合にどのていど目蓋《まぶた》を上げているか、ふだんの自分を確かめて、いつでもその顔をつくれるように練習した。いま彼は、やや目を狭めた、周囲に関心のなさそうな顔でいるはずだ。

見晴らしのいい大通りには、左右に茶屋が並んでいた。いかがわしい茶屋ではない。貴顕紳士が社交の場にする、明るく品のある店ばかりだ。通りの側に庇《ひさし》を伸ばし、その下にも席をつくっている店が多い。暑くもなく寒くもないこの季節、風の通る路面の席は半分以上が埋まっていた。

そうした席のひとつ――九日前に彼が指定した場所に、家人《いえんと》がすわっていた。両手に小さな書物をもって読みふけっている。家人の前の小卓には、飲み物の入った碗《わん》と、分厚い本が置かれていた。

ソナンの下唇がぴくりと動いた。ごく小さな動きだったから、誰にも気づかれなかっただろう。彼は、首も視線も動かさずに、茶屋の前を通りすぎた。耳の奥でどくどくと血潮がたぎるのが聞こえたが、呼吸は平静をたもっていた。

九日前、下宿の窓には明かりがあった。ソナンは誰にも見られず三階にあがり、戸板を叩いた。中にいた家人が、彼を素早く引き入れた。

家人の幼くさえ見えた紅顔は、いまやすっかり大人びて、貫禄《かんろく》が感じられるようになっていた。その右頬に一本、深い皺《しわ》がはしっていたが、帰るときにはなくなっていたから、寝皺だったのだろう。昼間は代王のもとで換語や案内の仕事に励み、夜はここで灯をともしたまま眠るという生活を、ずっと続けていたという。扉を叩かれたらすぐに起きられるよう気を張っての、浅い眠りしかとっていなかったにちがいない。ソナンはその労をねぎらってから、代王が間違いなく七の姫であることと、そうなったいきさつを確かめた。

彼女は、自ら望んでこの地位についたのだった。それどころか、最初は誰からも反対されたのに、一人ひとりを説得し、都で高位の人々と論戦をして、代王の役目を果たせるという証《あかし》を立て、六樽様のお許しを勝ち取り、幼い息子を輪笏に残して、海を渡ってきたのだった。

ソナンは胸を熱くし、意を強くして、二カ月のあいだ考えてきたことを語った。家人は、驚きに目を見開いて、口までぽかりと開けかけたが、すぐに怖いほど真剣な顔つきになって、ソナンの話に聞き入った。

夜が明ける前に、ソナンは下宿を出た。そこは今度こそ、双方が二度と足を向けない場所になる。だからすべての段取りを、その夜のうちに定めておいた。

家人は、ソナンの話を代王の屋敷に持ち帰り、七の姫に伝える。彼女はそれから九日目までに、ソナンの考えにのるか、のらないかを決める。その答えを、ソナンが指定した茶屋にすわった家人が、小卓に置いた本の色で示すのだ。白い表紙の本ならば否《いな》、黒ならば諾《だく》と。

その付近の茶屋には、異国人の高官もよく出入りする。また、特に路面の明るい席では、読み物や書き物をする客が多い。トコシュヌコ風の服装の家人が、ひとりで読書をしていても、人目を引くおそれはない。あとは、ソナンが通りすがりに確認すればいいだけだ。

ソナンは、十中八九、ナナは断るだろうと思っていた。その心積もりでいたほうが、落胆に打ちのめされずにすむということもあったが、彼が言い出したのは、それほど無茶な話だった。二カ月間の熟考で、弓貴に害を与えるおそれをずいぶん小さくしたつもりだが、とんでもないと一蹴《いっしゅう》されて当然だった。それに、その道のたどりつく先を、そもそも彼女は望んでいないかもしれない。

ところが、本の表紙は黒かった。彼女の答えは諾だった。

ソナンは鞍《くら》の上で逆立ちしたいほど嬉《うれ》しかったが、それと同時に、馬に鞭《むち》を入れて疾走させ、どこか遠くに逃げ出したいほど怖くもあった。その両方をぐっと抑えて、いつもの一日を過ごした。翌日も、翌々日も。

やるとなったら、ふたたび日をおくと決めてあった。事を起こすのは、さらに二十日ほど先のことだ。

5

長い長い二十日が過ぎた。ソナンは、昼下がりの太陽がまぶしく照りつける王宮前の大通りを、都市警備隊方面隊長の制服を着て歩いていた。王宮の端に都市警備隊の本部があり、小門を出て通りをまっすぐ行った先に、彼の担当する詰所のひとつがある。馬や馬車に乗るほど離れてはいないので、月に一度の本部での会合のあと、彼はこの大通りを歩いて移動するのが常だった。

そのあたりにも、ちらほらと茶屋があった。王族や貴族、王宮に勤める高位の役人たちを常連客にもつ、豪華な造りの店ばかりだが、ソナンにとっては見慣れた景色だ。そうした茶屋に目をやることもしなかった。

けれども、一軒の店の前にさしかかったとき、足がとまった。明るい日差しのふりそそぐ窓辺の席に、若い貴婦人がすわっていた。その人に目が釘《くぎ》付けで、動けない。

七の姫だ。家人《いえんと》に伝えたとおり、髪がすっかり隠れる形のかぶりものをしているが、顔は通りを向いていて、横顔ながら、はっきり見えた。トコシュヌコ貴族の娘風の服装なので、弓貴《ゆんたか》の衣装では目にしづらい、ほっそりとした首筋が露《あらわ》になっている。その首を少し傾けて、隣にすわる、やはりトコシュヌコの格好をした侍女と、楽しげに話をしていた。

ソナンの耳から急速に、あたりの喧噪《けんそう》が遠のいた。弓貴での彼女も美しかったが、こちらの服もよく似合う。なんと愛らしいのだろう。

七の姫に見とれ、呆然《ぼうぜん》と立ち尽くすのは、打ち合わせどおりの行動だった。だが彼は、ふりをしていたわけではない。ほんとうに、彼女を見つめて胸を高鳴らせるほか何もできず、恍惚《こうこつ》と苦しさとを同時に味わい、動けなかった。

ナナのほうは、打ち合わせどおりの芝居をした。彼女はこの二十日――あるいは、家人が返事の合図を送る九日目を待たずに気持ちを決めていたのなら、二十九日近くのあいだ――この茶屋を三日に一度は訪れて、午後のひとときを過ごすことになっていた。

高い身分の異国人が、トコシュヌコの貴族と同じような生活習慣をもつことに、王都の人々はすでに慣れている。弓貴の代王の一行は、この店の風景にすぐさま溶け込んだことだろう。この日のナナも、店の空気によくなじみ、彼女自身も自分の屋敷にいるかのようにくつろいでいた。

それが、急におしゃべりの口を閉じ、ソナンの強い視線に気づいたといったふうに、彼のほうに視線を向けて、いぶかしげに小首をかしげた。ソナンははっと我に返り、無礼を詫《わ》びるように軽く頭を下げ——このあたりは、さすがに芝居だ——踵《きびす》を返して行ってしまおうとしたのだが、それは嫌だと顔がゆがみ、ごくりと唾《つば》を飲み込むと、つかつかと彼女の席に近づいていった。

「相席させていただいて、よろしいでしょうか」

緊張にこわばる喉《のど》から声を絞り出した。

「えっ。はい、どうぞ」

ナナの返事は、短いとはいえ、なかなか見事なトコシュヌコ語だった。

ソナンはふたたびごくりと唾を飲んでから、彼女の斜め前にあった空の椅子《いす》に腰を下ろした。侍女の後ろに立っていた代王の護衛——トコシュヌコ風の格好をしているが、腰には弓貴の剣を佩《は》いている——が警戒するように身じろぎして、怖い顔でソナンをにらんだ。

芝居としては、大げさすぎるとソナンは思った。この男は空人《そらんと》の身兵だった。主人ではなく、不審な異国人を見る目でいようとして、やりすぎている。けれども、辺境の武人が中央世界からみて大げさな反応をしても、誰も気にとめないだろう。

ソナンは護衛のほうに目をやらないようにした。彼はまだ、その剣の形に気づいてはいけないのだ。

七の姫だけを見て、吐息を漏らすようにそっと、つぶやいた。

「あなたは、美しい」

ナナの顔が朱に染まった。両手を頰にあてて、わずかにうつむいてから言った。

「おそれいります」

ソナンは、目を離したくても離せないのだというような強い視線を向けたまま、立ち上がった。

「申し訳ありません。私はもう、行かなくてはなりません。またこの店で、お会いできるでしょうか」

庶民とちがって、こうした高級店に集う身分の者たちは、見初《みそ》めてすぐに名前を聞いたり、名乗ったり、ましてや言い寄ったりはしない。一度目は、すぐに引くのが礼儀だった。見初められたほうは、意のない場合、しばらくその店に近寄らなければ、双方の体面が守られる。

七の姫は、困り顔をしただけで何も言わなかった。ソナンは一礼をして、立ち去った。

次の日も、その次の日も、ソナンは暇をみつけては、その茶屋に足を向けた。中をのぞいて彼女をさがし、落胆の重いため息をつき、立ち去りかけては引き返し、前を何度も行き来した。七日後にまた会えると知っていたが、それは忘れることにして、彼女に会えない切なさを素直に表にあらわした。

七日後の夕刻、窓辺の席に彼女の姿があった。ソナンは飛ぶような足取りで近寄ると、会釈《えしゃく》してから、尋ねた。

「あなたのおそばのこの椅子に、腰掛けることをお許しいただけるでしょうか」

ナナは、はにかんだ顔で「はい」と答えた。

ソナンが難しい芝居をしなければならないのは、ここからだった。この日ナナは、淡い黄色のかぶりものをしていた。その布は、彼女の髪をすっかり覆《おお》いつくしてはおらず、額から耳のあたりに、つややかな緑色がのぞいていた。

椅子にすわろうとした中腰の姿勢で、ソナンははっと刮目《かつもく》した。腰を伸ばして、大きく一歩後ずさり、唇を震わせた。顔がすうっと冷たくなったから、きっと青ざめてもいるのだろう。驚くべき事実を知ったから——ではなく、緊張からなのだが、シュヌア家の長男の一目惚《ひとめぼ》れはこの界隈《かいわい》で噂《うわさ》になり、今日も茶屋は満席に近かった。彼の驚愕《きょうがく》のさまは、多くの人が目にしただろう。

ソナンは、ごくりと喉を大きく鳴らしてから、椅子にすわった。

「間違っていたら、すみません。あなたは異国の方ですか」

「はい。この国の生まれではありません」

「あなたがお生まれになったのは、もしや、弓貴という国でしょうか」

「はい。おっしゃるとおりです」

「実は」とソナンは、言いよどむように間をおいた。「私は、あなたの生まれたその国に、二年あまり暮らしたことがあるのです」

「そうですか」七の姫のほうには驚愕する理由がないから、ただかわいらしく小首をかしげた。「聞いたことがあります。わが国が初めて使節団を送るとき、同行した換語士が、実はこちらのお国に生まれた方で、そのため、ちょっとした騒ぎになったと」

それにしても、ナナはトコシュヌコの言葉をじょうずに操る。もしかしたら、代王になると決まる前から練習していたのかもしれない。

そんなことを考えながらも、ソナンは取り決めにそって話を進めた。

「それは、私のことに違いありません。私は、あなたのお国がわが国と交際を始めるより前に、そちらに暮らした、唯一《ゆいいつ》のトコシュヌコ人ですから。その節には、お国の方々に大変良くしていただきました」

ここがいちばん難しいところだ。儀礼的な話をしつつ、苦悩と葛藤《かっとう》に身を苛《さいな》まれているように見えなければならない。ソナンは、七の姫からわずかに視線をそらし、その場にすわっていることに苦痛を感じてでもいるかのように顔をしかめて、声はしだいに絞っていった。

案じていたより、うまくできた。ここで示さなければならない苦悩と葛藤は、弓貴の代王が七の姫であると知ったときと同じものだ。あの日に立ち返れば自然にできた。

驚いたことに、こめかみに脂汗《あぶらあせ》まで浮き出ている。

「けれども実は、申し上げにくいのですが、私はその〈ちょっとした騒ぎ〉のために、あなたとこうしてお話しするのは」椅子を後ろにずらして、わずかに腰を上げながら言う。「差し障《さわ》りがあるというか、かんばしからぬというか……」

そこでぐっと目を閉じて、しばらく無言で動かずにいた。

やがてかっと目を見開くと、彼女の顔をしかと見つめた。茶屋は静まりかえっていた。ソナンは、ふんと大きく鼻息を漏らして、椅子にしっかりすわりなおした。

「どうか、いま言いかけたことは忘れてください。あなたとお話しできる喜びにくらべたら、そんなものがなんでしょう。もう少しここにいても、かまいませんか」

「はい。私のほうに、差し障りはございませんので」

七の姫が微笑《ほほえ》んだ。それだけで、ソナンは天にも昇る心地になったが、緩んだ頬を引き締めて、決意に満ちた目つきをつくった。これも、いまの心境をそのまま出せばいいので、難しいことではない。

「考えてみれば、私のほうの差し障りも、気にしなければ、それでいいのです」自分に言い聞かせるようにつぶやいてから、唇に笑みをたたえる。「当地では、お健やかにお過ごしですか」

「はい。こちらのお国の方々に良くしていただき、不自由のない暮らしをしております」

ふたりはよそよそしい口調で当たり障りのない話をしたあと、三日後の再会を約して別れた。

約束の日、ソナンは名前と身分を告げ、七の姫も正式な名乗りをした。ソナンは女性が代王であることに大いに驚いてみせたが、代王の役目とか、弓貴とトコシュヌコの交易については関心がないとばかりに、おざなりに尋ねることもせず、王都の近くの景観のいい場所とか、腕のいい仕立て屋がどこで見つかるかといった、貴族の令嬢が好む話題を繰り出した。

それからも、数日おきに、ふたりは茶屋で落ち合った。

彼女に会えない日も、ソナンは顔がにやけてしかたなかった。詰所から詰所への移動中や、屋敷でひとりになったとき、彼女が彼に語った言葉や、そのときの表情を思い出してうっとりする。かと思えば、次に会う約束の日までを指折り数えて、じれったさに身悶《みもだ》える。

その焦燥感さえ、ソナンにはいとおしかった。

思えば七の姫とは、二、三度遠くからながめただけで、言葉を交わすこともないまま夫婦になった。あの時もてなかったゆっくりと知り合っていく時間を、いま経験できているのだと思うと、これまでにくぐり抜けた試練や苦難も無駄ではなかった気がしてくる。同じことを繰り返せと言われたら、お断りだが。

逢《あ》い引きが四回、五回と重なると、ソナンのもとに忠告が寄せられるようになった。都市警備隊の方面隊長仲間。ムナーフ将軍の使いの者。執事のヨナルア。そのほか、あちこちのソナンやシュヌア将軍を心配する人たち。

父親は、何も言ってこなかった。食堂で顔を合わせたときも、いつもと変わった様子がないから、蜂《はち》の巣をつついたほどのうなりをあげている噂話も、この人の耳にだけはまだ届いていない——周囲の者が必死に耳に入れないようにしているのだろう。

ありがたいことに、最初に忠告にやって来たのは、マニクトという名の、ソナンの次に若い方面隊長だった。ヨナルアとの会話が、他人に漏れることは考えられない。ムナーフ将軍らの使いにソナンがどう応じたかも、数人の耳に届くだけだろう。けれども、警備隊の方面隊長の周囲には、事の次第を知りたくてうずうずしている人間が山ほどいる。マニクトには、その好奇心に応《こた》えない理由がない。ソナンがどんな顔で何を語ったかは、口から口へと伝わって、またたくまに王都の半分以上の人間が知るところとなるだろう。しかも、この伝わり方だと、王宮の人たちに真偽を疑われるおそれがない。

マニクトは、ソナンが自分の執務室にいるまれな機会にやってきて、おかしな噂を聞いたのだが、まさか本当だとは思わないが、悪くとらないでほしいのだがと、さんざん前置きしてから切り出した。

「君が、辺境の異国人の娘に恋をしているなどという与太話を聞いたのだが、まさか本当ではないだろうね」

「ナナさんのことだろうか。たしかにあの方は、中央世界の生まれではない。けれども、わが国の貴婦人方に負けず劣らず、淑《しと》やかで、聡明《そうめい》で、とにかくすばらしい人なのだ」

ソナンは憤然とした口調で答えてから、彼女を賛美する言葉がそれだけしか出せなかったことを悔やむように、唇を噛《か》んだ。

「では、本当なのか」

マニクトはあきれ顔で顎《あご》をなでた。

「あまり感心できることではないね、辺境の異国人に恋するなんて。しかも、君がかつて二度も問題を起こしたことに関わりのある国の代王だというではないか。そんな女性にたびたび会うのは、いかがなものかと思うのだが」

にがりきった顔に反して、目が楽しそうだ。ソナンに説教できるのが嬉《うれ》しいのだろう。

「わかっている」ソナンはつらそうにうつむいた。「わかっているが、そうとわかったときには、遅かったのだ。いまさらあの人に会えなくなるなど、考えられない」

胸のあたりの衣服をぎゅっとつかんだ。ほんとうに胸が痛かった。マニクトはそれを見て、哀れみを浮かべた顔で立ち上がり、歩きまわりながら演説した。

「恋をして間のないときは、誰でもそう思うものだ。けれども、添うことのできない相手のことは、忘れるしかない。それが、身分ある者の定めなのだ。忘れるなど、不可能に思えるかもしれないが、多くの男が、同じ試練を乗り越えている。苦しいのは、今だけだ。信じられないかもしれないが、どんな痛みも、時が思い出に変えてくれる。かくいう私も、二十歳のころ……」

マニクトはそこで、ソナンが話をまったく聞いていないことに気がついた。ぽかんと口を開けて、目が虚《うつ》ろだ。

「添う？　あの人と、添う？　それはつまり、あの人を、妻にするということか」

ナナを茶屋で初めて見かけたときと並んで、ここは大事な場面だった。まるっきりの芝居なら、きっと見破られただろうが、これもまた、かつての自分を思い出せばよかった。

陪臣らが、彼と姫とは結婚できないとささやきあっていた、あのときの驚きはあまりに強烈だったから、記憶の奥から引き出すだけで、呆然としたり、顔色を変えたりできた。しかも、あのときより年を重ねたぶん、驚きの先にまで思いが行った。

「あの人を、妻にする。それは、すなわち……」

かーっと顔が熱くなった。さっきの痛みとは別の、胸がきゅっと縮むような苦しさに、思わず目をかたくつぶった。

するとよけいに、よからぬ妄想が湧《わ》いて出た。この日までソナンは、ナナに一指も触れていなかった。輪笏《わしゃく》で別れてからという意味だが、あえて触れたいとも思っていなかった。いまはまだ、間近で顔を見て、言葉を交わすだけでじゅうぶんだったのだ。

ところが、「妻にする」という自分の口から出た言葉で、ふたりきりの寝屋でのことが一気に頭にあふれ出た。

手を握る。唇を重ねる。抱きしめる。布におおわれていない肌に指をすべらす。それから、あんなことや、こんなことを、思う存分——。

「だいじょうぶか」

肩をつかまれ、揺すられていた。目を開けて、間近にあったマニクトの顔を呆然と見つめた。

「ああ、だいじょうぶ」

息が荒くなっているのが恥ずかしかった。マニクトは、ソナンに飲み物をすすめ、いくぶん落ち着いたのを確かめてから、しんみりと言った。

「気持ちはわかる。私にも、そんなことがあった。私は、異国人の娘に恋したわけではなかったが、添えない相手はいくらもいる。私の場合……。まあ、その話はいいだろう。とにかく、つらくて、つらくて、この苦しみは一生つづくものだと思っていた。だが、過ぎてしまえば、ほんの一時のものだった。これは、多くの男が通る道なのだ。苦しくても、耐えていれば、そのうち終わる。ほんとうだ」

マニクトの真摯《しんし》な忠告を、ソナンはしっかり聞いていたが、聞こえていないふりをした。

「あの人を、妻にする？　私とあの人が、結婚する？」

予定外の赤面から立ち直り、予定の芝居に戻って、魂の抜けた顔でつぶやいた。

「無理だ。不可能だ」マニクトは、ソナンのつぶやきに、苛立《いらだ》ったような声を重ねた。

「貴族が異国人と結婚するには、王宮の許しが必要だ。君とあの国の人間との結びつきが、許されるわけがない。そのうえ、どんな結婚も、親が認めなければ成立しない。君の父であるあの方が、トコシュヌコの貴族以外との婚姻を、お認めになることなどありえない」

次の忠告者に、ソナンはより分からず屋の態度をとった。結婚という考えは、すでに頭の中にある。けれども、王宮の許しとか、親の反対とかいう前に、当の本人であるあの人が、彼のことをどう思っているのか。それしか頭にないふりをした。

また会うことには応じてくれるが、ほんとうの気持ちはどうなのだろう。彼のことを、少しは好きでいてくれるのか。

あきらめろとか、もう会うなという言葉に対して、こちらはそれどころではないのだと、じれったそうに舌打ちした。それから急に眉《まゆ》を曇らせ、彼女の気持ちはどうやったらわかるのだろうと、忠告者に相談をはじめたりする。

とはいえ、ソナンはもはや十代の若者ではない。恋に惑うばかりでなく、逢瀬《おうせ》のたびに不躾《ぶしつけ》にならない遠回しの問いを重ねて、彼女の気持ちを確かめていった。

その成りゆきは、その日のうちに多くの人の知るところとなった。ふたりはまだ、茶屋以外で会ったことがなく、会話はすべて、周囲の席で耳をそばだてている人たちにまる聞こえだった。ソナンが熱く愛を語り、ナナははにかんでそれを受け、ソナンの問いを奥ゆかしくはぐらかしながらも、憎からず思っていることを婉曲《えんきょく》に伝える。

そのやりとりを、店じゅうの人間が、はらはらわくわく聞いているのが、ソナンにははっきりと感じられた。帰り際《ぎわ》に見る彼らの顔は楽しげで、多くの人に最上級の娯楽を提供しているのだと思うと、誇らしいような気持ちになった。

だが、細道のもっとも脆《もろ》い部分はここからだ。

七の姫と互いの気持ちを確かめあっただけでなく、この先もずっといっしょにいたいという願いを彼女ももっていそうなことを確認すると——すなわち、そうした会話を茶屋の相客たちに聞かせると——ソナンは夜更《よふ》けに屋敷を出た。

ひと月ぶりのことだった。ナナを初めて目にして以来、日没後の外出をひかえていた。恋しい人がいる身で、夜遊びをするのはおかしいからだ。そのため、パチャトの家を訪れることもできずにいたが、一度だけ、どうしてもナーゲンに会わなければならなかった。

ソナンは、恋に苦しむ人間があてどなくさまよっているという態《てい》で、街路をさんざん歩きまわってから、いつものように歓楽街を抜けるのでなく、反対側の住宅地のほうから高級居酒屋の立ち並ぶ地域に入り、秘密の通路を使って、母とその夫を訪れた。

ふたりはいつも以上に歓待した。このひと月ソナンがどうしていたかは喧《かまびす》しい噂で知っており、なかなか来訪できない事情もわかってくれていたが、こういうときだからこそ、よけい会いたかったようだ。

パチャトははしゃいで、七の姫のことを根掘り葉掘り尋ねてきた。彼女がどんな女性かは、噂がつぶさに伝えていただろうが、ソナンが恋しい人のことをどう語るのかを自分の耳で聞きたかったようだ。

ナーゲンのほうは、忠告したくてたまらないという顔をしていたが、楽しげなパチャトに遠慮して、切り出しかねているようだった。彼が何事かを言い出さないうちに、ソナンは食卓に両手をついて、頭を下げた。

「お願いです。助けてください」

面をあげて、ナーゲンを上目遣いに見た。

「あなたの助けが必要なのです。どうか、お力添えをお願いします」

ナーゲンは、苦い顔で顎をなでた。

「君は私にとって、息子も同然の人間だ。手助けできることがあるなら、なんでもしたいが」

断りを入れるときの前ぜりふのように聞こえたが、ソナンはぱっと笑顔をつくって、声を上擦らせた。

「ほんとうですか。ありがとうございます。これは、命にかかわることなのです。あの人を失ったら、私はきっと、死んでしまいます」

「わかったから、落ち着いて、とにかく、何を頼みたいのか話してごらん」

ナーゲンのほうは、笑みとは縁遠い顔だったが、とりあえずそう言ってくれた。

「ありがとうございます。単刀直入に言わせてもらいます。私は、あの人を妻に迎えたいのです。異国人ですから、簡単なことではありません。それはわかっていますが、どうしても、あの人と添いたいのです。幸いあの人も、それを望んでくれています。父は反対するでしょうが、説得できる自信があります。あとは、王宮の許しがあればいいのですが、私には、なんのつてもありません。王宮内にいる私のわずかな知り人は、結婚の許しといった方面とは縁遠いうえ、そもそもこの婚姻に率先して異を唱えそうな方ばかりです。おすがりできる相手は、ナーゲン、あなたしかいないのです。あなたなら、こうした許しを得るために、誰にどう働きかければいいかといった方策を、ご存じでしょう。お願いです。どうか、それをお教えください」

「もちろん」と間髪を入れずに答えたのは、パチャトだった。「この人だったら、王宮の許しなんて、いくらでも引っ張り出せる。やり方を教えるなんてけち臭いことじゃなく、許しそのものを、結婚祝いに贈るわよ」

そう言って、ナーゲンの背中をばちんと叩《たた》いた。

「ね、そうでしょう」

ナーゲンが、ソナンの結婚の許しを王宮から引き出すと約束し、三人でしばらく談笑してから、パチャトは寝室に引き上げた。ソナンとふたりきりで話がしたいと、ナーゲンが退室を頼んだのだ。

彼はずっと、そぶりで意向を示していたが、パチャトは気がつかないのか意に介さないのか、息子の結婚話にはしゃいだままで、腰を上げようとしなかった。直接はっきり口にされて、ようやく部屋を出ていったが、不承不承という顔だった。

妻の後ろ姿が消えると、ナーゲンは肩をすくめてみせた。パチャトはこの人の愛情を失いかけているのではと、ソナンは少し心配になった。

「奥様のご気性に、お疲れではありませんか。そうだとしたら、代わってお詫び申し上げます」

人の耳のないところでも、ソナンは「母」という言葉を使わないようにしていた。

「いや、彼女はあれでいいのだ。あれだから、いいのだ」

ナーゲンは、うまい酒をすすったあとのような、満足げな吐息をついた。どうやらよけいな心配だったようだ。ソナンは、自分のことに気持ちを集中した。

「それから、もうひとつ、お詫びすることがあります。あなたの知己を得たとき、私は心に決めたことがありました。あなたは大きな力と富とをもった方だが、けっしてそれを利用するようなことはすまいと。ほんとうに、深く深く誓っていたのです。それが、こんな頼みをすることになるとは、心苦しく、申し訳なく思っています。けれども、これが最初で最後です。二度とこのような頼みはいたしません。それに、おそらく王宮への働きかけには、多額の金がかかるでしょう。いますぐは無理ですが、いつか必ず、全額をお返しいたします」

「それはいい」ナーゲンは、椅子の背に深くもたれて、腹の上で手を組んだ。「言ったろう。君は息子も同然だ。もしも、君にとって弓貴の代王が、私にとってのパチヤトだというのなら、心に深く決めていたことを撤回してでも、手に入れようとする気持ちはわかる。よろこんで尽力しよう。かかった金も、結婚の祝いだと考えてもらっていい。ただし、その前にひとつ、聞きたいことがある。私が君を思うように、君が私を思っていてくれるなら、どうかこの問いには、真実を答えてほしい」

ナーゲンの眼光が鋭くなった。

「君は、弓貴の代王であるその女性に、ほんとうに一目惚れしたのか」

これまでどの忠告者も、そこを疑うことはしなかった。したがって、いまだに誰にも訊《き》かれていない問いだった。

ソナンは、自分が七の姫を目にしたら、どうがんばっても平然としていられないことを知っていた。だから最初は自戒したのだ。ナナを遠くからながめただけでも、悪《あ》しき結果をもたらしかねない。あの下宿で輪笏《わしゃく》の人間に会えたとしても、そんな算段は慎むべきだと。

だが、それは嫌だと心が叫んだとき、頭の中で物事がくるりと反転した。どうがんばっても平然としていられないなら、いっそ、それを人に見せたらどうだろう。七の姫を目にしたとたん、心を鷲掴《わしづか》みにされ、惚れ惚れと見とれるさまを、多くの人に目撃してもらうのだ。彼女とは初対面のふりをしたら、その様子は、一目惚れしたようにしか見えないだろう。

素性を知らずに一目惚れしたのなら、近づきたいと思うのは当前だ。そばに行き、すぐ間近からナナをながめることができる。そのうえ、話せることはかぎられるが、言葉を交わすこともできる。

彼女に恋をしたのなら、何度も会おうとするのも自然なことだ。一回でなく、二回、三回と、そうしたことを繰り返せる。いずれ誰かにたしなめられるだろうから、そのときに、泣く泣くあきらめたふりをすればいいのだ。

だが、あきらめる必要があるだろうか。もしも自分がほんとうに一目惚れしたなら、相手がどこの国のどんな人間だろうと、この人を手に入れたい、結婚したいとしゃにむに突き進むのではないだろうか。そして実際、彼はそれだけの情熱で、七の姫を欲している。

では、しゃにむに突き進んだらどうなるのか。

最初は、すぐに行き詰まるとしか思えなかったが、考えていくうちに、望みがある気がしてきた。彼が弓貴にいるとき七の姫とは一面識もなく、この街で、彼女の身元を知る前に一目惚れしたと、周囲が信じてくれたなら、弓貴と関わりをもってはいけないという見えない枷《かせ》に意味はなくなる。

だとしたら、あとの関門はふたつだけ。王宮の許しと親の許しだ。どちらも本来ならば、不可能といっていいほど困難だが、いまのソナンに得られないことはない。母親が生きているとわかったうえ、ナーゲンのような力のある人物の妻となってくれたおかげで。

すなわち、成否の鍵《かぎ》は、ナーゲンにあった。彼には王宮に無理をきいてもらえる相手がいる。そのための金ももっている。

けれども同時に、ソナンが踏み出した道の、もっとも脆い部分もナーゲンだった。ソナンの一目惚れが疑われさえしなければ、たとえ結婚が叶《かな》わなくても、弓貴やシュヌア家に害が及ぶことはない。七の姫のすぐ近くに行き、顔を見て、言葉を交わす。

ただそれだけで終わっても、やるだけの価値はある。

そして、彼の一目惚れの様はきっと、真に迫ったものになる。治安隊を指揮するクラシャン将軍にさえ、疑われることはないだろう。

だが、ナーゲンは別だ。なぜなら、彼だけは知っている。ソナンが一目惚れ騒動を引き起こすより前に、弓貴の代王に関心を示したこと、女性と知って、目に見えて動揺したことを。

その代王を、偶然に見初めることなどありえるのかと、不審に思われて当然だ。

「はい」と、力をこめてソナンは答えた。「私は、弓貴の代王、ムタルノロクジョナナに、一目で恋に墜《お》ちました。それは、間違いなく真実です」

嘘《うそ》ではない。彼女が代王になる前のことだが、嘘ではない。

ふたりはしばらく、にらみあうように互いの瞳《ひとみ》を見つめあった。やがてナーゲンが目を伏せた。

「わかった、信じよう。王宮の許しのことは、私がきっと、なんとかする」

「ありがとうございます。このご恩は、生涯忘れません」

細道のもっとも脆い部分を渡りきれた。目が潤《うる》みそうになるのをがまんしながら、ソナンは辞去するために立ち上がろうとした。ナーゲンが、片手を上げてそれを制した。

「待ってくれ。パチャトに席をはずしてもらったのは、もうひとつ、大事な話があるからなのだ」

「なんでしょう」

ソナンは椅子にすわりなおした。ナーゲンは、さきほどまでとは打って変わった気弱げな顔になって、瞬《まばた》きを繰り返した。

「実は、いま言い出すと、まるで取り引きの申し出のようで不本意なのだが」

さらに数回瞬きした。身を前に傾けて、食卓の上で指を組み、その指をもぞもぞと動かしてから、意を決したように眉を上げた。

「私も君と同じだった。君と知り合ったとき、君の地位に頼るような願い事は、絶対にするまいと自分に誓った。君ともパチャトとも、金儲《かねもう》けとか身を守るためのつながりとか、そういうことと関わりのない間柄でいたいと思っていた。それなのに、背に腹はかえられないことは起こるものだな。私の力ではどうやっても及ばない、切実な相談がある」

これはどう受け取るべきかと、ソナンはとまどった。「取り引きの申し出のよう」だがそうではない、たまたまこの時期に切実な頼みが生じたということか。それともナーゲンは、抜け目のない商人らしく、結婚の許しの件の見返りを、耳当たりのいい言葉にくるんで要求してきたのか。そうだとしたら、目の前の男には、ソナンの知らなかった一面があったことになる。

ソナンの中で、ナーゲンへの評価が揺らいだが、すぐに、そんなことはどうでもいいと思い直した。せっぱつまっての願い事というのが本当なら、できるだけのことをするまでだし、取り引きならば、大きな頼みをきいてもらう以上、応じないわけにはいかない。

「わかりました。私でどんなお役に立てるのか、まずはお話を聞かせてもらえませんか」

さきほどのナーゲンと同じく、即答を避けた。ナーゲンは、まだぐずぐずと前置きを重ねた。

「わかっておいてほしいのだが、今日、君の頼みをきくことになったから言うわけではないのだ。以前から、相談しようと考えていたが、君はしばらく、ここに来なかった。今日話さなければ、いつまた来るかわからない」

「おっしゃるとおりです。あなたのお人柄はよく承知していますから、取り引きなどとはとらえていません。ですから、お話を聞いて、断ることもあるかもしれません。

それでよかったら、お話しください。お断りする場合にも、他言は決していたしません」

そしてソナンは、断らなかった。七の姫との結婚の件がなくてもそうしたか、自信はないが。

数日後、ソナンはクラシャン将軍を訪れた。事前に通告をして許しを得た、正式の訪問だった。クラシャンの執務室は、そうでなければ近づけもしない場所なのだ。なにしろ、どんなに身分の高い人間でも、国王への叛逆《はんぎゃく》の兆《きざ》しありとみなされたら、治安隊に連行されて、そのまま消息を絶つこともある。もちろん庶民にいたっては、クラシャン将軍の瞬きひとつで命の火を吹き消されると言われている。王都では、疫《えき》病《びょう》に次いで怖《おそ》れられている存在なのだ。

けれどもソナンにとっては、幼い頃に笑いかけてくれたおじさんだった。その後も変わらずクラシャンは、シュヌア将軍を崇拝し、ソナンを心配してくれている。ナーゲンの頼みがなかったら、この面会に怖れや緊張を感じはしなかっただろう。

ソナンは警備の兵に、前室まで案内された。そこでは、副官が書類仕事をしていた。ソナンを見ると、「やあ」と笑顔をみせて鉄筆を置き、立ち上がって奥の扉に向かった。ソナンが来たことをクラシャンに伝えるためだ。

副官が扉の向こうに消えるや否《いな》や、ソナンはあたりを見回した。ナーゲンの頼みに応えるには、この部屋にあるかもしれない一枚の書類を見つけなければならなかった。あるかもしれない。が、ないかもしれない。しかも、副官がいつ戻ってくるか、わからない。

こうした訪問では、最後の取り次ぎで待たされるのが常だった。待ち時間は、身分差が大きいほど長くなりがちだが、もったいぶるためだけではない。副官といえども、将軍の執務室に出入りする機会が頻繁にあるわけではないので、こうした際に、指示を仰いだり、伝えるべきことを伝えたりと、たまっていた用を片づけるのだ。けれども、いつもそうとはかぎらない。また、ソナンの場合、個人的な親しさから、すぐに通されることも考えられる。

ありがたいことに、その部屋の物の配置は、警備隊の方面隊長の執務室と似ていた。一面の壁が棚に覆われ、左端に、月の名前を記した段が縦に並んでいる。彼の捜している書類がおさめられているとしたら、きっとあそこだ。

ソナンは、副官が消えた扉をうかがいながら棚の前に行き、五月の書類を手にとった。

ナーゲンの頼みは、一人の男の消息を知ることだった。五月の初めに治安隊に捕まって、それきり音沙汰《おとさた》がない、三人の幼い子供がいる、まだ若い男だ。ナーゲンの商売仲間で、誰からも好かれていた、まじめで心優しい人物。

「まじめすぎて損をすることも多かったが、彼から悪どく儲けようとする者はいなかったから、三人の子供を養えていた。まじめだから、おかしいことはおかしいと言うべきだと考えて、許されているはずのやり方で、訴え出た。行く前に、私は彼に頼まれたのだ。もしも自分が戻らなかったら、子供たちのことを頼むと。だが、戻るか戻らないかがわからない」

「治安隊に捕まったのは、確かなのですね」

「そうだ。そして裁きにかけられたが、君のときのような公開のものではなかったから、その先がわからない。戻ってこないのだから、死罪か、追放かのどちらかだろうが」

「はい。私もそう思います」

無罪となって釈放され、家に帰る途中、強盗に襲われ殺された——などというのは偶然がすぎる。だいいち強盗は、遺体を隠したりしない。まじめで家族思いのようだから、どこかにひとりで逃げ出したということもなさそうだ。

「わかっている。これまでにも、知り合いがいなくなったことはあった。外海に出た危険の大きな試みだった。

きるかもしれない。それだけが望みだったから、うまくいくかはわからないうえ、危しくない状況にあったからだ。取り次ぎのわずかな時間に、書類を盗み見ることがで今回、調べてみると言えたのは、いまのソナンが、クラシャン将軍を訪れてもおか

そんな頼みをしたとたん、彼自身が捕まっても不思議はない。

ンの関係は、治安隊の動きをちらとも漏らしてもらえるものではない。それどころか、度か相談を受けたが、できることは何もないと言うしかなかった。クラシャンとソナ残念ながら、ナーゲンが語ったのはよくある話だった。これまでにも、ソナンは何

はお約束できかねるのです」

承知おきいただけるでしょうか。このたびでさえ、うまく探り出せるか、確かなこと今後も起こりえるでしょうが、行方を探るのは、繰り返しできることではないと、ご「わかりました。調べてみます。ただし、治安隊にお知り合いが連行されることは、

をしているはずだ。場所を突き止め、手助けしたい」

配することとしか、私にできることはない。だが、追放だったら、その先で苦しい思い「死罪だったら、どうしようもない。約束通り、遺《のこ》された家族が生きていけるよう手

船乗りが、波にさらわれ行方知れずになるのと同じように、街に住む人間は、治安隊にさらわれて消息不明になるものだ。だが、あの男は特別なのだ。誓いを破ってでも君に頼まざるをえないほどの……、なんと言っていいかよくわからないが……」

ナーゲンは、指を立ててこめかみのあたりをもんだ。

「とにかく、特別なのだ。年もちがうし、商売で深いつながりがあったわけでもないが、失いがたい、大切な……尊敬できる友人だった」

友人。

ナーゲンにとって、年若い友はほかにもいた。しかも、尊敬という言葉で飾られる、特別な存在だった。

胸がちりりと焼けた。

そんなことを気にしている場合ではないのに、火傷《やけど》のような胸の痛みは長引いた。けれども、副官がいつ戻ってくるかわからないなか、棚の書類を手に取る度胸がもてたのは、この痛みのおかげだったかもしれない。

ソナンはナーゲンに、親しまれてはいても、尊敬されてはいないだろう。これまでに、そうした感情を呼び起こすことはしていない。これからも、そんな機会はないだろうから、望みはしない。

けれども、軽蔑《けいべつ》はされたくない。頼まれたことをきちんと果たしたい。役に立ちたい。

背後の気配にびくびくしながら、書類をめくった。心臓は、虻《あぶ》に驚いた馬の蹄《ひづめ》のように跳ね回っていたが、指が震えないよう気を引き締めて、記されている名前に目をはしらせる。

十数枚目に、捜していた名が現れた。仕事も、住んでいる町も、聞いていたとおりのものだ。

裁きの結果は、死罪。即日処刑されたと書かれていた。

これをナーゲンに伝えなければならないのかと、ソナンが小さなため息をついたとき、扉のほうでかすかな物音がした。あわてて書類を棚におさめて、もとの位置に戻ったのとほぼ同時に、扉が開いて副官が現れた。ソナンのほうはろくに見ずに、その場でくるりと反転して、奥の部屋に向かって頭を下げたから、ソナンの衣服の裾《すそ》が急な動きでひらめいたのを、目にすることはなかっただろう。

副官は、頭を上げて振り向くと、「将軍がお待ちだ」と、ソナンに入室をうながした。

ナーゲンは、尊敬する友の訃報《ふほう》を、静かな顔で受けとめた。

「そうだろうとは思っていたが、そうでないかもしれないと考えてしまうことで、家族も私たちも、かえってつらい思いをしていた。はっきりさせてくれて、感謝する」

それから目を閉じ、黙り込んだ。

あれほどの危険をおかしてなしとげたのが、気にかかっていた人物の死を伝えただけというのが、情けなかった。だが、ソナンがクラシャン将軍を訪れておかしくない時期でなかったら、これだけのことさえできかねたのだ。

あの日クラシャンは、ソナンが訪問の目的を口にするのを待たずに、しゃべりだした。

「こちらから呼び出そうかと思っていたよ。自ら出頭してくるとは、殊勝じゃないか」

そして、七の姫のことを問い質《ただ》した。ソナンは、期待どおりの殊勝な態度で、詫《わ》びたり、答えたり、誓ったりした。弓貴の人間と関わりをもってしまったことは申し訳なく思っている。しかし、誓って、知らなかった。そうと知ったときには遅かった。

彼女を思う気持ちは止められない。彼女は善良な人間で、国と国との関係を歪《ゆが》める意図をもって近づいてきたとは思えない。彼女とどれだけ親しくなっても、祖国の利益を損なうようなことには決して手を貸さない。弓貴に渡してはならない秘密は――そんなものは知らないし、今後も知りうる立場になるとは思わないが――たとえ彼女が妻になっても、漏らさない。

結局この訪問は、ナーゲンのためというより、ソナンのためになったのかもしれない。トコシュヌコで七の姫と正式に結婚するためには、治安隊から向けられる疑惑を晴らしておくことが、どうしても必要だったのだから。

クラシャンは、あきれ顔をしていたが、深刻な疑義を抱いているふうではなかった。

「まあ、あの国と軍事的な問題が生じることは、金輪際なさそうだし、交易のこととなると、君も君の周辺も門外漢だ。君とその美女との関係に、我々が口をはさむことはなさそうだが、異国人との結婚には、王宮の許しがいるぞ」

「はい。それについては、いろいろと手を回しているところです」

クラシャンは、この答えを聞いて、声をたてて笑った。

「いっぱしのおとなのような口をきくようになったじゃないか」

それから、すっと笑みを引っ込めて、付け加えた。

「たとえ結婚できたとしても、この国でしか、いっしょにいられないぞ。君が海を渡ることは、どんなに手を回しても、決して許されることはない」

「はい、わかっています。彼女が故郷に帰るときは、離れ離れになる覚悟でいます」

「それ以外にも、いろいろと制約がつくぞ」

「はい。それも覚悟のうえです」

クラシャンは、唇の右端だけをひねりあげた、意地の悪そうな顔になった。

「結婚は、親の許しがなければできないぞ」

「わかっています。早晩、父と話をするつもりです」

「あの方を、あまり悩ませないでほしいものだが、まあ、がんばってみるがいい。言っておくが、私は手を貸さないよ」

それがソナンの訪問の目的だと思っていたのかもしれない。クラシャンの顔は意地悪そうなままだった。

「それで、君に頼まれていたことだが」

物思いを抜け出たナーゲンの声が、ソナンを回想から引き戻した。

「すでに話はつけてある。親の許しが出たら、王宮に申請すればいい。君と異国人との結婚は、すみやかに裁可されるだろう」

「ほんとうですか。何とお礼を申し上げればいいのか。このご恩は、決して忘れません」

「いいんだ。こちらこそ世話になった。結婚の許しなどは、金額ひとつの問題だが、治安隊のこととなると、我々には、どこをどう押しても闇《やみ》の中だ。それより、君の父上は、絶対に信念を曲げない方だと聞いている。親の許しを得る当ては、ほんとうにあるのか」

「はい」と答えたソナンの面には、我知らず、クラシャンの最後の顔と同じ冷ややかな笑みが浮かんでいた。


こうして、残るは親の許しだけとなった。それを得るためには、父と対決しなければならない。ソナンにはじゅうぶんな勝算があったが、自分から言い出すことは控えていた。この闘いは、相手に口火を切らせたほうが有利だ。勝利への確かさは、少しでも高めておいたほうがいい。

じりじりと待ちつづけて、ついにその日が来た。憤怒《ふんぬ》の形相で帰宅したシュヌア将軍が、話があると、ソナンを自室に呼びつけたのだ。

書斎でも居間でもなく、父親の部屋。朝の挨拶《あいさつ》に訪れていた子供時代を思い出して、気持ちが縮こまりそうになったが、ぐっと肩に力を入れて、胸を張って入室した。肘《ひじ》掛《か》け椅子にくつろいだ姿勢の父は、ソナンに座れとも言わずに切り出した。

「異国人とつきあっているそうだな」

ソナンを常に恥じ入らせ、身の置き所のない気持ちにさせた、あの目つきで。

「はい」

父はいぶかしげに眉を上げた。ソナンが謝罪も言い訳もせず、堂々と認めたことに驚いたのだ。もっともその驚きは、散歩の途中に思いがけず雨がぽつぽつ落ちてきた、といった程度のものだったが。

「悪い噂になっている。会うのはやめなさい」

「そのお申しつけに、従うことはできません」

今度ははっきり驚いた。それから、ふだん以上に厳《いか》めしい顔になった。

「おまえはシュヌア家の跡取りだ。トコシュヌコの貴族以外と結婚することはできないのだ」

「いいえ、できます。私の心は決まっています。相手も同意してくれています。王宮の許しの目処《めど》もついています。あとは、父上がお認めくだされればいいだけです」

父はふんと鼻を鳴らした。

「辺境生まれの女など、認められるわけがない」

「あの人に会ってもおられないのに、どうして決めつけてしまわれるのですか」

「どんな女かは、どうでもいい。血筋と身分の問題だ」

さあ、いよいよ、父を攻撃するときが来た。ソナンの胸に、すでに恐れはかけらもなく、ただわくわくとした昂《たか》ぶりだけが漲《みなぎ》っていた。

「血筋とおっしゃいますが、もともと私の血の半分は、貴族のものではありません。母の両親は不明ですから、トコシュヌコ人かどうかさえ、定かではありません」

父がさっと青ざめた。

「おまえは、誰からそれを」

「本人からです。偶然に出会って、偶然に、親子であることがわかりました。断っておきますが、パチャトはこの秘密を、命がけで守ろうとしていました。それでも偶然が――あるいは神の采配《さいはい》が、すべてを暴《あば》いたのです」

父は唇をわななかせた。

「ほかに、誰がこのことを」

「知っているのは、私とパチャトだけです」

ソナンは平然と嘘をついた。ここでナーゲンの名を出しても、話がややこしくなるだけだ。

クラシャンの前でも堂々と嘘の誓いを立てられたが、父親に対して平然と偽りを口にできた自分が頼もしくて、舌はますますなめらかに動いた。

「しかし、もしも父上が、私と弓貴の代王との結婚をお許しくださらないなら、私としては、母に頼るしかなくなります」

「女親の許しなど、何の役にも立たないぞ」

「相談相手にはなってくれます。そのうえで、母とともに識者に知恵を借りに行くことになった場合、まずは、私と母との関係を説明しなければいけませんから、〈このこと〉を知る人間が増えますことを、ご承知おきください」

「ソナン。おまえは私を……」

つづく言葉を、父は口にしなかった。ソナンは黙って微笑んだ。そうです、私はあなたを脅迫しているのですと、目で語るとき、心は喜びに躍っていた。

この脅しに、父が屈しないわけがなかった。立ったままのソナンは、肘掛けにのせた手を震わせる父親を見下ろしながら、父が負けを認めるのを待った。長いが甘い時間だった。

「わかった。弓貴の代王との結婚を許す」

シュヌア将軍は、床を見つめてつぶやいた。

「文書にしていただけますか」

父はのろのろと立ち上がり、紙に走り書きして、顔をそむけて差し出した。

ソナンは内容を確認した。父は彼のほうを見ていなかったが、姿勢を正して深々と頭を下げた。

「ありがとうございます」

それから、言い足りないような気がして、付け加えた。

「異国人の血の交じらない跡取りをお望みなら、パチャトは死んだことになっているのですから、再婚なさってはいかがでしょう。そして男児が生まれたら、どうぞ、私のことは廃嫡《はいちゃく》なさってください。私が異国人と結婚したあとでなら、簡単に認められることでしょう」

自室に戻って寝台に仰向《あおむ》けになり、結婚の許しの紙を顔の上にかかげた。

ところが、心地よい喜びの火は、あっという間に消えてしまった。

父に対して臆《おく》することなくものを言い、欲するものを手に入れたら、大きな壁を乗り越えたような爽快《そうかい》な気分になると思っていた。だが実際は、卑怯《ひきょう》な手を使ったことへの後ろめたさが、すぐにすべてを圧倒した。

親の弱みにつけこんで、脅して屈伏させた。なんとずるくて醜い人間だろう。これまでにもたくさんの罪をおかしてきたが、この日また、死して後に太陽を引く者となる理由を積み重ねた。

泣きたいくらいにみじめだった。けれども、ソナンは泣かなかった。後悔も感じていなかった。七の姫をふたたび手に入れるためなら、卑怯者になるくらい、何ほどのことでもない。

6

七の姫から聞いた話で最も驚いたのは、弓貴《ゆんたか》が新式の揺れない船を手に入れていないということだった。ナナは、ソナンと同じく羅馬富《らまと》号で、あの荒海を渡ってきたのだ。彼が歯を食いしばっても悲鳴をあげ、白いものが頭を飛び交い失神し、目覚めたときには何かが削《そ》ぎ落とされた気がしたほどの、激しい揺れを乗り越えて。

そうまでしてこの国に来た理由が「空人《そらんと》様に、一目お会いしたかったから」だと言われたときには、特に驚きはしなかった。理屈としてはそれしかないと、前々から思っていたからだ。

けれども、頭とちがって気持ちのほうは、てんで受け付けられなかった。七の姫にそこまで思われていたという実感は、まるでない。だからつい、尋ねていた。

「いったいナナは、いつのまに、私のことをそんなに思うようになってくれていたのだ」

口にしてから後悔した。これではまるで、輪笏《わしゃく》でのナナに、妻としての情が足りなかったと責めているようではないか。

だがナナは、そんな深読みをするふうもなく、きょとんとしたあと、小首をかしげた。

「いつとおっしゃられても、はっきりとした時期をお答えしかねるのですが、お会いできないことをさびしく思うようになったのは、空人様がこちらにいらっしゃる以前からのことでございます。ご用事で、城を留守になさった折など、たいそうさびしく感じていました」

そこで何かに気づいたように、目を大きく開けて、付け加えた。

「反対に、私が城を留守にしたとき——照暈《てかさ》村の機《はた》織り場に行っておりましたときには、さびしいと感じるいとまがなくて……」

「うん、そうだろうね。あれは大変なことだった。そんな余裕はなかっただろうね」

微笑《ほほえ》むと、ナナも安心したように微笑んだ。それからまた、小首をかしげて考える。

彼の質問に、まじめに、まっすぐに答えようとする七の姫がかわいくて——その内容は、やっぱり気持ちが受け入れられずにいたけれど——ソナンは鎖骨の下を叩《たた》きたくなった。

「使節団が帰ってきて、空人様がお戻りになれないと聞いたときには、胸がつぶれる思いでございました。お会いしたいという気持ちは、とても大きなものでしたが、神ならぬ人の身では、どうにもしようがありません。お留守をしっかり支えようと、その一念で日々を過ごしておりました。まわりの者らも、私たちをよく支えてくれました」

とつとつとした語りが、ソナンの胸にしみてきた。嘘《うそ》ではないのだ。建て前ではないのだ。七の姫はほんとうに、彼に会えないことを悲しんでいてくれたのだ。

ようやくそれを、心が素直に受け入れた。

「けれども、人の身でも、どうにかできるかもしれないとわかったとき、辛抱できなくなりました。こちらに〈代王〉という使者を送ると聞いたときのことです。どうにかして同行したいと思いまして、督の陪臣に相談したところ、それなら、あなた自身が代王になるのがいちばんだと言われて、たいそう驚きました」

「そうか。石人《いしんと》たちが、助言をしたのか」

まわりの反対を押し切って代王になったと聞いていたが、陪臣たちは、最初から味方をしてくれたのか。彼らが知恵を出したのなら、六樽《むたる》様まで説得できたのも、うなずける。

「はい」と答えてから七の姫は、一転、顔を曇らせ、うつむいた。

ふたりがトコシュヌコでも正式に夫婦となり、人の耳を気にすることなく話ができるようになった最初の機会にも、ナナはこんな顔をした。そして、何より先に、深々と頭を下げた。

「申し訳ございません。幾重にもお詫《わ》びいたします」

その声は悲痛で、おそるおそる頭をあげたナナの顔は、苦しげだった。いったいどんな大罪をおかしたのかと驚いたが、息子の空大《そらんた》をおいて、海を渡ったことだった。

「あなた様の妻として、空大様の母として、輪笏で留守をお守りすることが、私の最も大切な役目でございますのに、そうした務めを人任せにして、このように遠くはなれた土地まで出向いてしまいました。申し訳ありません」

それは謝ることではない、悪いのは、留守にしてしまった私のほうだ、来てくれて嬉《うれ》しいと、ソナンは彼女を抱きしめて、ふたりで涙にくれたのだった。

それから数日が過ぎ、新たな地での夫婦の時間を、持ち前のほがらかさで照らしてくれていた七の姫だが、やはり罪の意識をぬぐいきれていなかったのだろう。代王となって海を渡ったいきさつを語るにあたり、またも悲しげな顔になった。

「だいじょうぶだよ。空大には、世話を焼く人間がたくさんいる」

このときも、ソナンはナナの手を握り、励ましの言葉をかけて、抱きしめた。だから話の続きは、翌日のこととなった。


「ナナが、私に会いたいと思ってくれたことは、よくわかった。けれども、最初はどうだったのだ。どこの誰ともわからない男と結婚することになったとき、嫌だとは思わなかったのか」

朝食の席で、ソナンは尋ねた。

結婚を機に、彼は生家をはなれて、代王の屋敷に住むようになった。父親は、異国人との同居を拒み、屋敷内の小さな寺院でひっそりとあげた結婚式にも、仮病をつかって出席しようとしなかった。だからシュヌア将軍はまだ、息子の妻の顔を見ていない。

実のところ、ソナンにとってはありがたい展開だった。父がこうした我を張らなかったら、廃嫡《はいちゃく》も勘当もされていない長男が、生家をはなれるわけにはいかなかった。ふたりであちらに住むとなると、七の姫の代王としての仕事に差し障《さわ》るし、何より彼女にとってひどく居心地の悪いことになっただろう。ナナがつらい思いをすれば、ソナンはその倍つらくなる。

反対に、ソナンにとって代王の屋敷は、「永遠に安らげる場所」とはここのことではないのかと思うほどの住み心地だった。建物は、空き家だった小さな屋敷を借り受けたものなので、すっかりトコシュヌコの様式だが、調度は弓貴のもので、布を多用した室内装飾が目に優しい。庭には、水を大切にする弓貴の人々がよく手入れした緑が繁《しげ》り、屋内には彼の好みの香が漂っている。食卓にのぼる品々も、多くは手に入れやすいトコシュヌコの食材で、行事などのおりに結六花《ゆむか》豆が混じる。この国に生まれて弓貴の暮らしになじんだソナンにとって、ちょうどいい取り合わせとなっていた。

そこに、愛《いと》しい妻や、彼女の侍女、空人の身兵や家人《いえんと》といった顔馴染《かおなじ》みに囲まれて暮らすのだ。弓貴にいたときとちがって、彼の立場は公式には、代王の異国人の夫にすぎないから、礼儀や格式に縛られることもほとんどない。弓貴の秘密を漏らしてはならないと、これまでずっと、ナーゲンやパチャトの前でくつろいでいるときでさえ、どこか緊張していたが、この屋敷ではそんな心配も必要ない。これ以上、何を望んでいいかわからないくらいだった。

一歩屋敷の外に出れば、王都の空気は淀《よど》むばかりで、警備隊の幹部でいることが日に日に苦痛になっていた。異国人との婚姻で出世が頭打ちとなったらしく、いま以上に責任のある地位になりそうにないことが、救いといえば救いだったが、それは同時に、王都の混乱を少しでもしずめる方に引っ張っていく力は、今後もてないことを意味していた。

この時期、新たな疫病《えきびょう》が人々を脅《おびや》かしはじめた。高熱とともに目と喉《のど》が腫《は》れ上がり、やがて目尻《めじり》から涙のように膿《うみ》が垂れるこの病は、熱の出た三人に一人が死亡した。

街区によってはあらゆる家庭で死者が出るほどの勢いだったが、まるでお金が護符になるかのごとく、貧しい地区の人ばかりが発症した。疫病とは、貧富を問わずに襲ってくるもののはずなのに、これは〈貧者の病〉であるようだった。

そのためか、王宮はこの疫病に、ほとんど手を打たなかった。じゅうぶんに食べられないから病気になるのか、不潔な環境や、狭い部屋で大勢が寝起きしていることが病を蔓延《まんえん》させるのか。そうしたことを調べようともせず、一度、特に貧しい地区に食料を配布した以外は何もしない王宮の態度に、庶民の怒りは煮えたぎり、郊外の数カ所で暴動が起こったものの、すぐに軍に鎮圧された。

そんななか都市警備隊は、疫病の対策に手を出すことを禁じられていた。不穏になった王都内で暴動めいたことが起こっても、出動するのは王都防衛隊か、王宮が近ければ近衛隊《このえ》。警備隊は、さらに向こう見ずになってきた無法者だけが相手だった。

病に苦しむ人々に何の手助けもできないのに、見回り仕事の厳しさは増すばかりで、隊員は疲弊していたが、方面隊長のソナンに、彼らを励ます術《すべ》はなかった。おのれを励ます術もなかった。

広々とした辻《つじ》に立ってもソナンの目には、どちらを向いても、行き止まるしかない暗い街路がつづいているようにしか映らなかった。この都市も、この国も、どん詰まりに向かって進んでいる。

代王の屋敷で弓貴の薫香《くんこう》に包まれているときだけ、そうした鬱屈《うっくつ》を忘れていられた。

朝食の席で、自分と結婚するのが嫌ではなかったか、などという、かつては考えてみただけで胸を絞られるようだったことを七の姫に尋ねたときも、心に憂《うれ》いは欠片《かけら》もなかった。なにしろ、七の姫が彼を恋しがってくれていたと得心できた。婚姻の儀の前夜には涙に暮れていたと聞かされても、いまなら笑い話として聞ける。

七の姫は、「いいえ」ときっぱり否定した。「そもそも空人様は、〈どこの誰ともわからない男〉ではございませんでしたよ」

「そうか？〈空鬼《そらんき》の落とし子〉などと呼ばれて、怪しまれていたようだが」

「一度、お会いしましたから。宴のときに私をご覧いただいていたことは、申し訳ありませんが、気づくことができませんでした。けれども、私が奥の西屋の庭で、ツリフネ草の斑《ふ》入りの葉っぱを見つけたとき、近くをお通りになりました」

あのときのことを、ナナは覚えていてくれた。ソナンの胸は喜びに火照《ほて》り、その頰は恥ずかしさに火照った。

「思いがけずナナがいたから、うろたえてしまって。きちんと挨拶《あいさつ》もせずに、逃げるように去ってしまった。すまなかった」

そもそもきちんとした挨拶のしかたを、あの頃はまだ知らなかったが。

「私のほうこそ、きちんとご挨拶できずに、失礼しました。あまりに強い目をしておられたので、うろたえてしまいました」

やはり彼は不躾《ぶしつけ》に、じろじろとながめすぎたようだ。

「それも、すまない」

「いいえ、謝っていただくことではありません。あんな目を人から向けられたことがなかったから、胸が……昂《たか》ぶりました。あの出会いを、あとから何度も思い返しました。でも、だから……」

七の姫の顔が、トコシュヌコの夕立前の空のように陰った。また、空大のことを思い出したのだろうか。

「悲しいことを考えているのかい」

なぐさめたくて、心のうちを尋ねた。

「はい。とても悲しかったことを、思い出してしまいました。〈空鬼の落とし子〉と呼ばれる、我らみんなの恩人が、四の姫様をお求めだと聞いたときのことです。あんなに強い目で私をご覧になったのは、あの庭に、お姉様をさがしておられたからなのだ。あの方もやはり、四の姫様に恋しておられたのだ。そう思ったら、身の程もわきまえずに悲しくなって」

七の姫の瞳《ひとみ》は、いまにも涙をあふれさせそうに潤《うる》んでいた。

「すまない。私はあの勘違いで、たくさんの人につらい思いをさせた。嫌な思いをさせた。おまえのことも、そんなに悲しませていたとは、悔やんでも悔やみきれない」

七の姫は、食卓から葡萄《ぶどう》を一粒とって、ふふっと笑った。侍女の手で皮をむかれたばかりの葡萄だった。弓貴の人たちは、そうした皮も捨てることなく、あとで料理に利用していた。

「けれども、だからこそ、四の姫様をというのは人違いで、ほんとうは私を妻に迎えたいと思ってくださっているのだと聞いたときには、信じられない思いでした。今度こそ人違いでないと確認していただくまで、不安で、不安で」

ソナンも、葡萄をつまんで口に入れた。トコシュヌコでは、毎朝果物が食べられる。そんな当たり前のことも、七の姫といっしょだと、しみじみとありがたく感じられる。

「私も不安だったよ。婚姻の儀の前夜、花嫁がどんな気持ちでいるかと思って」

目と目が合った。七の姫が、わずかに頬を染めて微笑した。ソナンも目尻を下げて、さらに葡萄を頬張った。ふたりは目と目を合わせたまま食事をつづけたが、手の動きも口の咀嚼《そしゃく》も、緩慢になりがちだった。

「おそれながら申し上げます。本日も、いつもどおりにお出かけになるなら、そろそろご朝食を終えていただかないと、身仕度が間に合わないのではと危惧《きぐ》いたします」

ソナンの身の回りの世話を受け持つ身兵が、無粋な声で、見つめ合うふたりの時間に割り込んだ。

「そうだな」

ソナンは、手拭《てぬぐ》いで作法通りに指をぬぐって、立ち上がった。身兵が、彼の服からゴミを払う。

「でも、よろしゅうございましたわ」七の姫が手をきれいにするのを手伝いながら、侍女がさかんにしゃべりたてた。「あのときどう思ったとか、どんな気持ちだったとか、いまとなっては何の役にも立たないけれど、思い思われる仲のふたりが確かめあわずにはいられないことを、お話しになる時間がおもちになれて。これでこそ仲睦《なかむつ》まじいご夫婦だと、お仕えする我らにも、何の意味もないお話が、耳に心地よく響きます」

この侍女は、機織り場についていったたくましい人物ではない。輪笏では、無口で控え目な娘だったはずなのに、いつのまにこんな物言いをするようになったのだろう。これではまるで石人だ。もしかしたらこの数年で、あの陪臣に感化されたのだろうか。七の姫はあいかわらず、はにかむような笑顔だった。たしかに輪笏の城では、こんな話をする時間はなかったなと、ソナンは多忙な日々を懐《なつ》かしんだ。

とはいえふたりは、役に立たないことばかりを話したわけではない。特に、寝所でふたりきりのとき、輪笏がいまどうなっているかや、七の姫が代王としてトコシュヌコとどう交渉していけばいいかといった、政《まつりごと》の大事に関わる話もずいぶんした。

ソナンとちがって、七の姫の身辺は諸事順調だった。輪笏は、洞楠《ほらなん》の件がおさまってから平穏で、空大はすくすくと育っている。侍女たちの話によると、顔は空人にそっくりだが、髪は緑で、七の姫の幼い頃と同じような、おっとりと穏やかで、頭のいい子供だそうだ。

また、弓貴とトコシュヌコとの交易は、最初の取り決めどおりつつがなく進んでおり、代王としても大きな憂いは抱えていなかった。ナーゲンも言っていたように、強絹《こわぎぬ》はあいかわらず、中央世界の各国に人気の品だ。この繭《まゆ》をつくる虫を弓貴は、約束どおりトコシュヌコに譲っていたが、気候が異なるせいか成育が悪く、弓貴以外で作られた布は、質が大いに劣っている。弓貴の人間が指導しているから、いずれ差はなくなっていくだろうが、あと数年はだいじょうぶそうだ。想定していたよりも、次への準備の時間がとれた。

そして、次に打ち出す鬼絹だが、照暈村はまだ、餌《えさ》のつくり方を明かしていない。城が運ぶ緑の髪を加工してはくれるので、かつての四倍の布を生産できるようになっていたが、交易のためには、これを四十倍にはしたい。

そのための手は打たれていた。ソナンがにらんだとおり、弓貴が外の世界から手に入れた鑿《のみ》や鶴嘴《つるはし》は、これまで穴をうがつことができなかった岩盤に、打ち勝つ強さをもつものだった。これらを使えば、時間はかかるが、固い岩に覆《おお》われた地域でも、地下水脈をさがしたり、水路を通す隧道《ずいどう》を掘ったりができるのだ。

ただし、川と同じく地下水脈も、上流でどんどん使っては、下流に水が行かなくなる。新しく水場を掘り当てたために、どこかの池が枯れることもあるかもしれない。

鑿も鶴嘴も六樽様のお城で管理され、慎重な吟味のうえで貸し与えられることになっていた。

輪笏からは、二件の申請を出し、一件だけ許された。照暈村近辺での水場さがしだ。照暈の人々が、餌づくりの秘密を握り込んだままでいるのは、いまだに滅亡を怖《おそ》れているからだ。かたくなに移住を拒む彼らの心を和らげられるものは、水だけだ。

最近になって明かされたことだが、照暈村の奥には、ほんのわずかに水がしみ出す岩場がある。つまり、あのあたりには地下水脈が通っているのだ。

その水脈へと穴をあけ、豊富に水が得られるようになれば、村の近くに土を運び、畑をつくることができるだろう。岩の狭間《はざま》のわずかな土地でも、村人が食べていくのにぎりぎりの豆は育つだろう。そうなれば、何があっても最低限の暮らしは守っていけることになり、照暈の人たちの根強い不安も解消される。

輪笏の城の重職者たちはそう考えて、話をもちかけ、畑で最初の作物が採れたとき、緑の髪から虫の餌をつくる方法を教えるという約束をとりつけた。まだ、畑どころか水をさがしている段階だが、これで先の見通しが立った。

却下されたほうの申請は、茅羽山《かやば》の輪笏側での水脈さがしだった。うまくいけば、洞楠から水を貰《もら》わずにすむようになるうえ、赤が原の畑を広げることもできるかもしれない。

だが、水脈さがしが許されるのは、ひとつの督領で一度に一カ所と決まっていた。輪笏としては、照暈村の件を優先させなければならないから、こちらはしばらくお預けだ。

「けれども、督がちがうお考えをおもちなら、いまからでも変更ができるかと存じます。次の船で督のお言葉を運び、輪笏の城に届けてもらえばいいのです」

七の姫はそう言ったが、ソナンは首を左右に振った。

「空大を支えてくれている者たちが、決めたことなのだろう。だったら、それでいい」

彼のことを、いまだに督だと考え、立ててくれるのはありがたい。だがソナンに、輪笏の政に口出しする気はなかった。

彼は、シュヌア家の長男ソナンであり、この地で責務を負っている。そのうえ、二度と輪笏に戻れない身だ。かつての不祥事で、中央世界をはなれることが禁じられているだけでなく、異国人との結婚により、国をはなれることもできなくなった。領地訪問のために王都を出るときでさえ、王宮の許しを得なければならない。

そのほかにもソナンは、月に一度、交易の役人と話をするという義務を課せられた。

代王との婚姻生活で知りえたことを報告するという条件のもとで、この結婚は許されたのだ。

無論、そのことは七の姫に伝えてある。トコシュヌコの役人に報告する内容も、相談のうえで決めている。弓貴にとって都合のいい話ばかりしていては、やがて不審に思われ、最悪の場合、治安隊に捕縛される。あるていど正直でなければならないが、鬼絹のことはまだ秘すなどの配慮もいる。ふたりで知恵を出し合って、最善となるよう決めていった。

交易の役人に、この相談のことは黙っていたが、月に一度報告していることを弓貴側に話しているのは伝えてあった。どちらに対しても、間諜《かんちょう》のようなことをやっていては、長くはもたない。内緒事はなるべく少なくするほうがいい。

そうでなくてもこの暮らしは、長くはもたないのかもしれない。代王が交替することになれば、七の姫は弓貴に帰らなければならない。空大や輪笏に異変が起こった場合にも、ナナは急いで帰るだろう。

トコシュヌコと弓貴のあいだで揉《も》め事が起こり、交渉が決裂したときにも、ふたりは引き離されることになる。それほどの大事が起こらなくても、王宮の命令で、別れを余儀なくされることが明日にでもあるかもしれない。

だからソナンは、一日一日を大切にした。何かを思いついて急ぎかけたときにはおのれを戒め、ただ見つめ合うだけの時間もおろそかにしないようにした。

そのため、仕事以外での外出をほとんどしなくなったソナンだが、月に一度の生家訪問と、月に二、三回のナーゲン邸への訪れは続けていた。生家のほうは、儀礼的なもので、父親に挨拶の言葉を述べたらすぐに退散した。ナーゲンの家では、かつてと同じようにくつろいで長い時間談笑したが、泊まることはなくなった。

パチャトは顔を合わせるたびに、七の姫に会わせてくれとせがんだ。

母親が、息子の嫁に会いたいと願うのは当然だろう。けれども、ソナンと違って七の姫は、居酒屋に出入りしたら目立ってしまう。秘密の通路を使って、こっそりこの家を訪れるのは難しい。かといって、パチャトを代王屋敷に呼ぶのはもちろん、どこかで密会というのも、誰かに気づかれ、いらぬ疑惑を生みかねない。そんな危険をおかしてまで、なさねばならないことではない。

パチャトには、いまは事情が許さないが、そのうち状況が変わって可能になったら必ずと約束して、なだめている。つまりは何も約束していないのと同じなのだが、父親とちがって母親は、嫁の顔をまったく見ていないわけではなかった。結婚の前、いつもの茶屋にいるナナを、パチャトとナーゲンは存分にながめていたのだ。

「まあ、人間、見た目よりも中身だからね。気立てのよさそうな娘さんで、よかったじゃない」などと失礼なことを、パチャトはそのとき、言っていた。

ナーゲンのほうは、パチャトのように無理強いしようとはしなかったが、危険をおかせないソナンらの立場に理解を示しつつも、七の姫と直接会って話ができたら楽しいだろうと、やんわりと希望を述べた。

そんな機会をもうけることができないまま月日は流れ、一年が過ぎたころ、ナーゲンの屋敷に行ってもパチャトしかいないことが増えてきた。会えたときにもナーゲンは、心ここにあらずといった顔つきで、的外れな相槌《あいづち》をうつようになった。

商売がうまくいっていないのだろうか。ほかに何か、深刻な心配事があるのだろうか。だとしたら、どうして相談してくれないのか。それともついにナーゲンは、パチャトやソナンとのだらだらとした晩餐《ばんさん》に飽きたのか。

パチャトによると、船乗りたちにも疫病が広がってきて、その対応で忙しいらしい。たしかに、外海を航行中に流行《はや》り病が発生したら、たくさんの商品とともに船が失われることになる。ナーゲンが深刻な顔をするのも、うなずける。

しかし、彼ほどの人物が、そのていどの問題で、こうも様子を変えるだろうか。

胸にちくりと疑問が刺さったけれど、どん詰まりの街路を見つめる昼と、安らぎに包まれる朝晩が繰り返されるなか、小さな刺《とげ》は、ふくらむことなく忘れ去られた。

だが、消えたわけではなかった。その年の暮れ、ナーゲンの家に出入りするようになって初めて、扉だらけの小部屋に用心棒の姿がなかったとき、ソナンの足を階段へと向かわせたのは、ちくりと刺さったままでいた疑問だったにちがいない。


その夜も、パチャトはひとりで食卓についており、ソナンの来訪を喜んだ。といっても、さびしげにしていたわけではない。

「そりゃあ、ひと月もふた月も会えないなんてことになったら、悲しいし、何やってんだって思うだろうけど、あの人、そんなに長く留守にすることはないから。もともと一人で生きてた私よ。三日や四日は、全然平気」と、屈託なく笑っていた。

きっと、ふたりの心がしっかりとつながっているからだろう。いい伴侶《はんりょ》を得てくれたと、ソナンはあらためて思った。

いつものように飲み、食い、笑った。夜も更《ふ》けて、パチャトが大あくびをしたのを機に、彼女は寝所へ、ソナンは出口へと向かった。

すると、用心棒がいなかったのだ。

扉が四つと階段がひとつある小さな部屋は無人で、空の椅子《いす》だけがソナンを迎えた。珍しいことだが、用心棒とて生身の人間。交替を待たずに部屋を出なければならないこともあるのだろう。見れば、居酒屋への通路につづく扉に、閂《かんぬき》がかかっていなかった。用心棒は、ここから出ていったのだろう。

ソナンが入ってきた扉以外は、この部屋の側に閂があり、戸板を叩いて開けてもらわなければ通り抜けができない。ただひとつ閂のない扉の先は、屋敷の主《あるじ》の私的な場所だ。たまに席をはずしても、問題はないのだろう。

とはいえ、頻繁にあることではない。現にソナンは初めて、この小部屋にひとりでいる。

それに気づいたとき、足が階段に向かっていた。何を考えてのことでもない、衝動的な行動だった。

階段にも、三段あがったところに扉があった。閂をはずして、のぼっていった。

私はなぜ、こんなことをしているのかと、扉を抜けながら思った。めったにない機会を逃したくないという、ただのケチ根性からか。それとも、足を踏み入れたことのない、二階より上への好奇心に衝《つ》かれたのか。

いや、上階の謎《なぞ》がずっと気になっていたのはたしかだが、この衝動の源は、最近のナーゲンの冴《さ》えない顔ではないだろうか。その裏に何があるのか知りたいと、心に刺《とげ》がささっていた。それが彼を動かしたのだ。

けれども、禁じられた場所に立ち入るのは、ナーゲンの信頼を裏切る行為だ。

あと五段というあたりまで上ったとき、やっとそのことに気がついた。引き返そうとして足をとめかけたとき、声が聞こえた。

「……まない。待たせたな。上での商談が長引い……」

ソナンはとっさに右手の壁に身を寄せた。声の主は、どこかの部屋に入ったようで、戸の閉まる音とともに静かになった。

しゃべっていたのは、ナーゲンのようだった。だが彼は、屋敷を留守にしているはずだ。少なくとも、パチャトはそう信じていた。あの声がナーゲンだとすると、彼は嘘をついたのか。妻を騙《だま》して、その頭の上で、いったい何をしているのだ。

引き返す気はなくなった。衝動でなく意志をもって階段をのぼりきると、正面に小さな窓があり、左右に廊下がのびていた。どちらの廊下も、窓のない側に扉が並んでいる。

声は右手からしていた。ソナンは足音をしのばせてそちらに進み、最初の扉に耳をつけた。

こそりとも音がしない。次の扉の前に行って、ふたたび耳を押しつけた。声が聞こえた。何人かの男が話をしているようだが、戸板越しなので、切れ切れに言葉が拾えるだけだ。ナーゲンがいるかどうかもよくわからない。

だが、そうして拾った言葉の中に、「襲う」とか「襲撃」とかが混じっていた。まさかナーゲンは、商売に行きづまり、強盗か海賊で大金を得ようとしているのか。彼らしくもないことだが、そう断言できるほど、実はナーゲンのことを知ってはいなかったのではないかと、ふいにソナンは不安になった。

いや、「襲う」というのは商売上の隠語ということも考えられると、波立つ気持ちをなだめようとしたとき、声がやや高くなり、「武器をそろえる」相談をしているのだと聞き取れた。船で刀剣を大量に運び込む段取りを確認しているようだ。やはり、盗賊稼業《かぎょう》を始める気か。

長く聞いてはいられない。すぐにでも切り上げて階段を下りなければ、用心棒が戻ってくる。そうあせる一方で、こんな話を聞いてしまって、途中でやめることはできなかった。

耳を扉につけたまま、目玉を目尻に思いきり寄せて、階段へと続く廊下の先をうかがった。目の端に、何かがうつった。近すぎてはっきりととらえられないが、人のからだだ。いつのまにか、後ろに人が立っている。

気づいたと同時に、肩をつかまれた。

「何をしている」

いつもの用心棒だった。ソナンが答えを返せないでいるうちに、用心棒はもう片方の手で扉を開けた。

「こいつが、立ち聞きをしていました」

部屋の中では六人の男が、小さな木の卓を囲んですわっていた。全員の視線がソナンに向かった。

いちばん手前に、ナーゲンがいた。驚きに目を見張っている。

「どうして」と、ナーゲンの唇が動いた。その問いに答える言葉をもたなかったソナンは、彼に質問を投げ返した。

「どうして、ここにおられるのです。屋敷を留守にしていると聞きましたが」

ナーゲンが、後ろめたそうに目をそらせた。他の五人は気色ばみ、なかには立ち上がって、刃物を手にする者もいた。

「こいつ、どこまで聞いたんだ」

ナーゲンの向かいにすわる男が、隣の人物にささやいた。茶屋で娘らに騒がれそうな、端正な顔の若者だった。ささやかれたほうは、栗色《くりいろ》の前髪を鼻のあたりまで垂らしているので視線の先がわかりにくいが、ぽってりとした唇を真一文字に結んで、隣の若者に言葉を返すこともせず、ソナンをじっと見ているようだ。

「知り合いか」

左奥で立ち上がっていた、体格のいい四十くらいの男が、ナーゲンに問いかけた。肌が浅黒く、むき出しの腕に、刀傷とはちがう傷跡がいくつかある。船乗りか、農民か、炭焼きなどの力仕事をしてきた者だろう。

その男は、抜き身の短刀を手にしていたが、用心棒がしっかりとソナンを確保しているのを見て取ったのだろう。鞘《さや》に戻すと、派手な音をたてて腰を下ろした。

だが、ソナンの注意をもっとも引きつけたのは、この男と前髪の長い男との間にすわる、三十代くらいの赤毛だった。目は切れ長で、鼻は険しい峰のように高く、顎《あご》がいくぶんしゃくれていて、その先端近くにほくろがある。警備隊にまわってきた、凶悪犯の人相書きにそっくりだ。名前はたしか、クヌン家の長男ウホル。見つけたら、逃がしてはならない。生きて捕まえられないなら、殺してでも確保せよという、注意書きつきで回ってきた手配書だった。

ソナンはふたたび、ナーゲンに非難のまなざしを向けた。けれどもすでにこの大商人の面から、弱気は消え去っていた。

「まさかきみが、こんな大胆な盗み聞きをするとは思わなかったよ」

そう言って、椅子の背に深くもたれると、部屋に入って自分の隣にすわるようにと、ソナンを差し招いた。

「この男は、シュヌア将軍の息子ですね。都市警備隊の方面隊長をしている。知り合いですか」

凶悪犯のウホルと思われる人物が、下唇を突き出しながら、ナーゲンに尋ねた。

「誰であろうと、話を聞かれたからには、生きて帰せはしませんな」

ナーゲンが答える前に、彼と色黒の男の間にすわる、痩《や》せて目つきの悪い五十がらみの男が言った。このなかでただ一人、貴族のように見える人物だ。ソナンの背後では、用心棒が刃《やいば》の腹をてのひらに叩き付ける、ぺちぺちという音がする。

「待ってくれ。この青年を殺してはならない理由が、いくつかある」

ナーゲンが、なだめるように片手をあげて話しはじめた。

「まず彼は、私にとって、命にかえても守りたい、大切な人間なのだ」

「ナーゲン」ウホルが尖《とが》った声をあげた。「俺たちはみんな、自分の命だけじゃなく、家族や愛する人の命をも失う覚悟で、この大事に乗り出したんじゃなかったか」

「すまない。いまのは、いったん忘れてくれ。殺してはならない最大の理由は、そんなことではなく」

ナーゲンはそこで言葉を切って、目を閉じた。考えているのだ。どうやったらソナンを救えるか。

ナーゲン以外の男たちは、闖入者《ちんにゅうしゃ》を始末したくてうずうずしているようだった。少なくとも、痩せた貴族と色黒の男、端正な顔の若者は、顔にはっきりその欲求を示している。ナーゲンは、この屋敷の主であっても、集まりの主ではないのだろう。命令できる立場になさそうだ。人数で負けているから、腕ずくでというのも難しい。説得だけが、ソナンの助かる道なのだ。

しかし、その闘いに全力を傾けようとしているらしいナーゲンを見ても、ソナンは感謝の念を抱けなかった。いまの短いやりとりからも、彼らが企《たくら》んでいるのは、ひどく物騒なことだとわかる。しかもそれにより、「家族や愛する人の命をも失う覚悟」でいるという。すなわちナーゲンは、パチャトを危険にさらそうとしているのだ。

人の母親と、是非にと言っていっしょになっておきながら、いったい何をしてくれているのだ。指名手配の凶悪犯や怪しげな貴族とつるむ人間だと知っていたら、絶対に、この結婚は阻止したのに。

ソナンの心は、そんな憤《いきどお》りでいっぱいだった。

「最大の理由は、我々の大事に関わることなのだ」

ナーゲンが、意を決した顔で口を開いたが、端正な顔の若者がじゃまをした。

「その前に、この男が誰に雇われてこんなことをしたかが問題じゃないか。この場所が、誰かに探り当てられたってことか。王宮が、すでにあなたに目をつけたのか」

彼らはいっせいにざわめいた。「まさか」「だとしたら」「どこから話が」

「落ち着け」とナーゲンが、今度は両手を胸の前にあげて、動揺をおさえようとする手つきになった。「この青年は、何年も前から、一階の私の部屋に出入りしていた。誰に雇われたわけでも、何をさぐろうとしたわけでもなく、うっかり二階に来てしまったのだろう」

「つまり、こいつはあなたの愛人か」

色黒の男が、下品な音で鼻を鳴らした。

あまりの邪推に、ソナンは目を剥《む》いたが、ナーゲンは冷静に「ちがう」と答えた。

「友人だ。きわめて信頼のおける」

「なるほど。うっかり屋敷をうろつきまわり、盗み聞きをする、きわめて信頼のおける友人ですか」

痩せた貴族が皮肉を言った。

「すみません。門番部屋を、少しのあいだあけてしまいました。たぶん、そのせいで」

ソナンの背後で用心棒が、ぼそぼそと詫びた。

「この男をどうするにせよ、まずは武器をもっていないか調べて、両手を縛ったらどうだろう」

そう提案したのは、ウホルだった。「この男がほんとうに、シュヌア家のソナンだとしたら、剣の腕がそうとうだという評判だ。いまのままでは、いつ攻撃されるか、逃げられるかと気になって、落ち着いて話ができない」

「なるほど」ナーゲンは、横目でソナンを見て言った。「悪いが、そうさせてもらうよ」

腰袋の短剣を奪われ、背中で手首を縛られた。けれども、他の面々と同じ卓を囲む席についたままなので、手荒い扱いを受けたという気はしなかった。ウホルの言い方が、感情にまかせたものでなく、理屈をたどっていたこともあるだろう。

凶悪犯とは思えない、まるで六樽様のお城の役人のような話しぶりだった。ソナンが警備隊勤めで出会ってきた悪党は、激昂《げっこう》しやすく、理屈より力で物事を進める輩《やから》ばかりだった。この男はその反対にみえる。いったい、どんな悪事をしでかして、手配されることになったのだろう。よくあることだが、手配書に罪状は書かれていなかった。

「最初に確認しておきたいんだが」話の舵《かじ》はウホルが握ったままだった。「おまえは、シュヌア将軍の息子のソナンだな。都市警備隊の方面隊長の」

白を切るか、無言を通すか、正直に認めるべきか迷っていると、ナーゲンが代わって答えた。

「そうだ」

「我々の話を、どれだけ聞いた」

ウホルの視線は、ソナンに注がれたままだった。

この問いに、ナーゲンの代理は望めない。何も聞こえなかったと嘘をつくことが、ちらと頭をよぎったが、やめたほうがいいだろう。どうせ信じてもらえはしない。ナーゲンが保証したとおり、信頼できる人物だと示せるような返答をすべきだろう。すなわち、都合の悪いことも、正直に答える。

「長い時間聞いたわけではないが、どこかを襲撃しようとしていること、武器を集めていることは、わかった」

「それだけ聞かれたら、じゅうぶんだ」

色黒が、吐き捨てるように言った。殺すべきじゅうぶんな理由になるという意味だろう。

「では、この男をどうするかについて我々には、三つの道があるわけだ」

ナーゲンが、彼らしい落ち着いた口調を取り戻して、その場の人々に語りかけた。

「ひとつは、ここで聞いたこと、見たことを誰にも話さないと約束させて、解放する。彼が秘密を守る人間であることは、私がこの命を懸けて、保証する」

「冗談じゃない。事の重大さをわかっておいでか」

痩せた貴族が声を荒らげ、端正な顔の若者がそれに加勢した。

「こいつはシュヌア将軍の息子で、クラシャンとも親しいんだぞ」

ナーゲンはそれらの抗議にとりあわず、話を進めた。

「ふたつ目は、口止めのため、この男を殺す。ただしその場合、誰が殺したかについて、徹底した調べが始まるだろうな。遺体を街路に放り出して、辻強盗のせいにできるような、簡単な話ではないぞ。この男が殺されたとなれば、大物たちが色めき立つ。亡骸《なきがら》をどこかに隠して行方不明に見せかけたとしても、同じことだ。誰が攫《さら》ったのか、どこに捕えられているのか、草の根を分けても捜し出そうとするだろう」

「こいつは、自分から姿を消したことがある。今度もそうだと思われるんじゃないか」

色黒の発言を聞いて、ソナンは「ちがう」と叫びたかった。彼は、自分から姿を消したわけではない。裁きでも、それは認められている。

だが、ぐっと奥歯に力を入れて、我慢した。そんなことで話の流れをさえぎっても、ろくなことにならない。

「自ら失踪《しっそう》したのであっても、この男が姿を消したら、治安隊が目の色を変えて捜索する。いなくなる前の行動が徹底的に調べられ、出入りしていた場所を残らず詮索《せんさく》される。彼がここに来ていたことは、誰にも知られていないはずだが、そうした特別な調べにあっては、さて、どうなることか」

ナーゲンは思わせぶりな間をおいたが、誰も言葉をはさまなかった。痩せた貴族とウホルは眉根《まゆね》を寄せて考え込み、他の者たちは話の続きを待っているようだ。

いや、前髪を垂らした人物だけは、目もとがうかがえないので、何を考えているのかわからない。この男だけが、ソナンが入室してから一度も口をきいていなかった。

顔もソナンのほうに向けたまま、ほとんど動かしていない。その静けさが、しだいに無気味に思えてきた。

「そして、三つ目の道だが、おそらく君たちは、これを聞いたら、とんでもないと驚いて、私の話に耳をふさぐだろう。だから先に言っておきたいのだが」

「俺たちの肝っ玉が信じられないんなら、いっしょにこんなおおごとを、やっていくのは無理なんじゃないか」

色黒の悪態を、ウホルは「やめろ」とたしなめて、苦い顔をナーゲンに向けた。

「俺たちは、これまで、心をひとつにして事を進めてきた。いま足並みが乱れかけているのは、あなたのせいだ。あなたが、私情を入れようとするから」

「私情ではない。三つ目の道について、実は私は、ずいぶん前から考えていた。本音を――私情を言えば、その道をとりたくはない。しかし、我々の大事を達成するには、それしかないのではと」

「ちょっと待て」ウホルが気色ばんだ。「あなたは、この立ち聞き男をどうするかについて話していたんじゃないのか。〈ずいぶん前から考えていた〉とは、どういうことだ。あなたが指示して、立ち聞きさせたってことなのか」

「ちがう、そうではない。誤解させる言い方をして、悪かった。少しややこしい話なのだ。順番に説明するから、しばらく黙って聞いてもらえないだろうか。極めて重要な話なのだ」

これほど混乱するナーゲンは、初めて見た。パチャトの寝室で、ソナンに襲われ、襲い返してきたときにも、あんなに冷静だったのに。

だがソナンは、ナーゲンの混乱ぶり以上に、じっと黙っている前髪の男が気になった。黙っているのに、妙に存在感がある。

気にしているのはソナンだけではないようだった。ナーゲンのせりふを聞いて、端正な顔の若者が反発を露《あらわ》にし、色黒も大きく顔をしかめたが、前髪の男が初めて首を動かし、うなずくと、ふたりとも文句を言いかけた口をつぐんだ。痩せた貴族はその意を汲《く》んで、「わかった、聞こう」とナーゲンに告げた。

この六人は、腹を割っての話し合いを何度ももった仲なのだと、その様子を見てソナンは思った。乱暴な物言いも、遠慮のない激論を闘わせてきた間柄だからこそ。そう感じさせる息の合い方だ。

そして、彼らの中心にいるのは、ナーゲンでもウホルでもなく、前髪の男。

そうにらんで、あらためて男を見た。

唇がぽってりとしている以外は、特徴に乏しい顔立ちだ。市場や歓楽街を歩けば、こんな顔といくつもすれ違う。

だが、前髪に隠された目は、どうなのだろう。

この半年で警備隊に回ってきた手配書は、六枚あった。そのうち二枚が、罪状のない、逃げられるくらいなら殺せと書かれたものだった。一枚が、ウホル。もう一枚の、テノセス家の四男サクハの似顔絵は、こんなだった気がするが、前髪が上半分を隠しているうえ、ウホルとちがってどこにでもある顔なので、しかとは言えない。

ただし手配書によると、サクハは珍しい目をしているそうだ。左右で色合いが異なるのだ。右の瞳は、秋晴れの空のような深い青。左は、静かな湖面のような淡い水色。

手配書にしては詩的な表現だったので、よく覚えている。

ソナンが前髪に隠れた瞳をうかがっていると、ナーゲンが、ささやくような静かな声で話しはじめた。

「では、少し回り道の話になるが、聞いてくれ。我々がやろうとしていることは、大勢の——とてつもなく大勢の生き死にや、今後の暮らしを左右する。成功すれば、たくさんの人を救えるが、失敗すれば、我々に命を託してくれた仲間すべてが破滅するだけではない。この国は、希望を失う。これからも、無数の人が苦しみつづけ、罪なき者が殺されていくことになる」

薄々感じてはいたが、彼らが企んでいるのは、海賊や強盗といったたぐいのことではないようだ。

「絶対に成功させなければならない。けれども、いまのままではどうみても、勝算はせいぜい五分」

「だから、より確かにしようと頑張って」

端正な顔の若者は、そこで口をはさんではいけないことを思い出したらしい。ぎゅっと唇を引き結び、話の続きを目でうながした。

「そうなのだ」ナーゲンは、この口出しを穏やかに肯定した。「少しでも確かなことにしようと、我々は知恵を出し合ってきた。だが実は、私にはひとつ、まだ話していない策がある。前々から考えてはいたが、個人的な秘密に関わるために、言い出せないでいたのだ。それに、君たちが承認してくれるか、不安だった。しかし、勝利を引き寄せる良い策なのだ。手遅れにならないうちに話さなければと考えていた」

ナーゲンは、卓の上に両手をのせて指を組むと、五人を順にじっと見た。

「この男に話を聞かれてしまったのは、私の落ち度だ。申し訳ない。けれども、おかげで踏ん切りがついた。同志諸君、聞いてくれ。私は勝利を確実にしたい。だから、そのために、シュヌア家の長男ソナンを、仲間に引き入れたいと思う」

ひっ、としゃっくりを途中で詰まらせたような音が聞こえた以外、しばらく無音の時が過ぎた。

「おもしろい冗談ですな」

　瘦せた貴族が、ぼそりと言った。

「冗談にしても、ひどすぎる。そいつはクラシャン将軍と親しいんだぞ」

　端正な顔の若者は、憤慨から顔を紅潮させていた。

「クラシャンと親しいのは、シュヌア将軍だ。ソナンはその息子にすぎない。それよりも、警備隊の方面隊長が味方になれば、こんな心強いことはないと思わないか」

「つまり、この男を仲間にすることが、三つ目の道ってわけかい」色黒が腕組みをして、鼻から太い息を吐いた。「口止めをして解放するどころか、俺たちの計画をみんな教えてしまおうっていうのか。本気でそんなことを考えているなら、シュヌア家の長男だけでなく、あなたにも死んでもらったほうがいいみたいだな」

　色黒はそこで、ソナンの後ろに立つ用心棒にちらと目をやり、言葉を継いだ。「つまり、それくらい不穏な提案ってことだ。真に受けないでくれ。ただし間違いなく、これだけは言える。三つ目の道は、検討に値しない」

「そうだろうか」さっきから、顎にこぶしをあてて考え込んでいたウホルが、手をひざにおろして、顔を上げた。「とんでもない話だとは思うが、検討くらい、してもいいのではないだろうか。確かに、警備隊の方面隊長という地位は魅力的だ。しかも、名だたる剣豪だ。仲間になってもらえるなら、こんなありがたいことはない。問題は、この男が仲間になると約束したとして、それが信用できるかだ。どれだけ誓いを立てられても、こうして捕えられている身だ。生き延びたさに嘘をついているのではないと、どうやったら確かめられるだろう」

「ちょっと待ってくれ」ソナンは黙っていられなくなった。「これはいったい、何の話だ。ナーゲン、あなたは何に、首を突っ込んでいるんですか」

いっそ強盗の相談であってくれと思うほど、話は進むほどに恐ろしくなる。しかもナーゲンは、そこにソナンを引きずり込むつもりでいるようだ。後ろ手に縛られたまま乗せられた橇《そり》が、先の見えない谷底に向かってすべり落ちていくようで、足をぐっと踏ん張りたくなった。

「我々が何をしようとしているか、そんなに知りたいのか」

瘦せた貴族が、鼻の上に皺《しわ》を寄せた。

「教えてもいいんじゃないですか」ウホルが冷たい笑みを浮かべた。「ひとつ目の道は、ありえない。三つ目の道をとるなら、教えないわけにはいかない。そしてふたつ目なら、教えても教えなくても、同じこと」

「そうだな」

その声は、地の底から聞こえてきたように、ソナンには思えた。低いわけではないのに深くて重い、初めて耳にするたぐいの声。前髪の男が、ついに口を開いたのだ。しかも、右手で髪をかきあげた。

「我々は、この国をひっくり返そうとしているのだ」

鼻から上も、やはり平凡な顔立ちだった。だがその瞳は、左が水色で右が青。

戦《いくさ》おさめの宴で七の姫が着ていた衣装の色と、四の姫の服の色だと、脈絡もなくソナンは思った。

トコシュヌコには、さまざまな瞳の色の人間が住んでいる。左右色違いというのも、まれにいる。だが、色合いだけが違うというのは、初めて見た。ソナンは落ち着かない気分になって、ふたつの瞳から目をそらした。

ナーゲンが、用心棒に退室を命じた。扉が閉まると、ソナンのほうにからだを向けて、こう言った。

「すまないが、かつてふたりだけで話したことを、いまここで披露したい。許してくれるな」

縛られている身では、否《いな》も諾《お》もない。

ナーゲンは、からだの向きをもとに戻して、卓を囲む五人にふたたび目を配ってから話しはじめた。

「ソナンは、以前から私にこぼしていたのだ。王宮は、人々のことをまるで考えていない。そのせいで、この街には、食べていけない人間が大勢いる。どんなにあがいても、そこから抜け出る道がない。だから、人を殺してでも食い扶持《ぶち》を稼ごうという輩が現れる。そうした罪人を捕まえるのは自分たちの仕事だが、元をたださなければどうにもならないと思うと、むなしくなる。そういった意味のことを、私が水を向けたわけでもないのに語っていた。この男なら、我々が何をしようとしているか知ったら、協力したいと言うのではないかと、私は前々から考えていたのだ」

「だが、シュヌア将軍の息子で、クラシャンの知り合いですぞ」

　痩せた貴族が、渋い顔をさらにしかめた。

「それだから、この国の問題に気がついて、我々と同じくらいそれに心を痛めても、物事を変えようという方向に、考えを進めることができなかったのだ」

　そこまで言うとナーゲンは、斜め後ろに椅子をずらして、両のこぶしを膝《ひざ》におき、ソナンを正面から見た。

「だが、ソナン。物事は変えられるのだ。多くの人が、これほどまでに苦しまなくていい世に、変える方法があるのだ。我々は、それを実現する計画を立て、もうすぐ行動にうつそうとしている。これを聞いて、君はどう思う」

ソナンもナーゲンをまっすぐに見て、心のままを答えた。

「まずは、その方法を知りたいと思います」

この国の有り様を変える方法があるなら、知りたい。聞きたい。

赤が原を半日走り回ったあとで水を欲するときのように、からだが欲求にうずいた。

だが同時に、肌が粟立《あわだ》つような恐怖も感じた。

その方法は絶対に、穏便なものではない。彼らは武器を集めていた。襲撃を計画していた。血腥《ちなまぐさ》いやり方なのは、間違いない。

「王宮を襲う。王と王子、王族を全員捕えて、裁きにかける」

ナーゲンは、事も無げにそう言った。

「そんなことをしたら、国じゅうが混乱します。ぎりぎりの暮らしを送っている人たちが、生きていけないことになるし、混乱に乗じて、外敵が襲ってくるかもしれない」

「そうしたことは、考えつくしたうえでの計画だ。混乱をまったく生まないことは無理だろうが、できるだけ小さく、短くするために、我々は、新しい王を用意した。国を治める新しい形が、すぐに動き出せるように」

「新しい王？」

意味がすんなりとは飲み込めず、復唱してから、驚いた。

「あなたたちの手で、王を交替させるというのか。そんな、神をも畏《おそ》れぬ所業を」

絶句したソナンだが、それがどうしたと言いたげなナーゲンの乾いた顔を見て、気がついた。ソナン自身も、神を畏れてなどいない。だったらどうして、王を畏れなければならないのだ。

自分にとって、王がどういう存在であったかを考えた。尊敬も、愛情も感じることができない、いなくなっても少しもかまわない人間だということを思い出した。そうやって考えてみなければ思い出せなかったのは、頭の奥に追いやっていたからだ。王のことを考えれば、この国の不幸の原因が、そこにあることを思わざるをえない。そんなことを思ったら、すべてが壊れる。

だが、〈すべて〉とは何だ。弓貴の——輪笏の督の空人から、シュヌア家のソナンに引き戻された、あのとき以上の破壊が、彼の人生にありえるだろうか。ありえない。川の底に沈んだあと、見知らぬ土地で、まったく新しい人間として生き直そうとした、あのときほどの転換もまた、ありえない。

こうして考えてみたら、〈すべて〉とは、大事なものでもなんでもない。生まれたときから周囲を埋め尽くしていたため意識できなくなっていた、トコシュヌコの貴族としての感覚。それだけだ。近衛隊であんなに不真面目《ふまじめ》だったうえ、七の姫との結婚の許しを得るために、親を脅し、王宮で嘘の誓いをいくつも立てた人間が、そんな感覚をもっていたとはと、おかしくなった。

そんなもの、壊れるものなら、さっさと壊れろ。

いや、すでに壊れているようだ。こうやって最初の驚愕《きょうがく》を乗り越えてみれば、ナーゲンらの計画に、ソナンは興味しか感じない。

「新しい王は、捕えた王族の中から選ぶのですか」

「いいや。いまの王族に、この国を託せる人間はいない。我々が考えているのは、ある事情で王族の地位を失った、五代前の王の末弟の子孫だ」

ナーゲンは首をうしろにぐるりとまわし、痩せた貴族に目をやった。

「その人を、王に据えるというのですか」

国の王どころか、この集まりの指導者にもなれそうにない人物だ。

「まさか」痩せた貴族は鼻で笑った。「私がお守りしているお方だ。聡明《そうめい》で、高潔で、強い意志をお持ちの方だ。あの方ならば、きっとこの国を正しく導ける」

「王が替わるだけで、物事がそんなに良くなるだろうか」

独言のような問いに答えたのは、ウホルだった。

「王を替えることが、我々の目的ではない。いまの王と王族にいなくなってもらい、我々が考えたやり方で、国を動かす。新しい王を置くのは、その手段だ。ほんとうは、王などいなくていいのだが、それでは混乱の期間が長引いてしまう。あんたも言っていたように、人々の暮らしを乱すだけでなく、他国に攻め入られたり、交易相手を失ったりと、大きな痛手を負うことになる。へたをすると、国が滅びる。新しい王は、物事の大きな流れを理解できない人たちをなだめ、導く、夜道の灯火のようなものなのだ」

王を、双六《すごろく》の駒《こま》かなにかのようにとらえる言い草には、ぞっとしたが、これは、さっき壊したはずの感覚の名残りだろう。目を一度大きく瞬《まばた》いて、そんな邪念を振り払えば、ウホルの話は理にかなっているように思えた。そうだ、物事を大きく変えるには、そのやり方がいちばんだと、胸に響きさえした。

けれども、「へたをすると、国が滅びる」

この一節だけは、受け入れられない。そんな危険をおかしてまで、やらなければならないことがあるのかと、怒りの言葉を吐こうとしたが、その直前、頭の中に答えが浮かんだ。

ある。この国は、それほど追いつめられている。たとえば王都の貧者らは、他国に侵略され支配されている場合より、みじめな暮らしを送っていると、彼自身考えたことがあったではないか。

顔をあげると、十二の瞳にじっと見つめられていた。下唇をぎゅっと噛《か》んでから、別の疑問をぶつけてみた。

「新しい王が、いずれいまの王のようにならないと言い切れるのか」

「言い切れる」前髪をあげたままのサクハが、口の両端をわずかに上げた。微笑んだのかもしれない。「なぜなら、多くの人の目に、王が替わっただけのように見えても、その実は、支配のあり方が変わるからだ。王と王宮が、民のことを考えない無茶をつづけるなら、民が王をやめさせることができる。そういう仕組みをつくるのだ」

「どうやったら、そんなことが」

ソナンが呆然《ぼうぜん》としてつぶやくと、サクハが立て板に水の勢いで、彼らの計画を語っていった。

新しい王が即位しても、国のあり方は、一見するとほとんど変わらない。貴族は現在もつ領地から、これまでよりいくらか目減りしただけの収入を得ることができるし、王宮の役人も、大半はそのままとする。ただ王が替わっただけで、これまでどおりのトコシュヌコだと、中央世界や辺境の国々に主張して、これまでどおりのつきあいを求める。

しかしその実、さまざまなことが大きく変わる。領地の運営には、新しい王宮が目を光らせて、これまでのような好き勝手はできないようにする。役に立たない王都防衛隊は解体し、都市警備隊は、貴族や金持ちを、庶民と同じように取り締まる。そのための規則もすべて見直し、おかしなものは撤廃する。新しく、疫病の対策をする部隊をつくる。裁きはすべて、公開とする。

そうしたことを、ここにいる者たちが中心になって推し進めていくが、いずれはその役目を、決められた方法で選ばれた者らに譲る。すなわち、王を補佐し、王宮の役人を指導し、国を動かす物事を決めていく、新しい組織をつくるのだ。

貴族、農民、商人、宗教者、王都の町人と、区分けした民ごとに、民自身が選んだ者らが集まって、決められたやり方で話し合いをおこない、決められた役目を果たす。そうすることで、誰か一人の横暴で国が乱れるのを防ぐ。また、この組織は、王が助言を聞き入れず、国を危うくしそうになったら、退位を要求し、次の王を決めることができると、はっきりと定めておく。

そうしたことを、実行の段取りまで、サクハは細かく説明した。さきほどまでの沈黙が嘘のように、一気呵成《いっきかせい》にしゃべったが、無駄な言葉はひとつもなく、感情さえも挟《さしはさ》まれていなかった。

正直に認めてしまうと、ソナンはこの計画に魅了された。彼が憤り、哀《かな》しみ、あきらめてきた理不尽が、彼が気づいていなかった理不尽とともに解消されていくさまを、サクハの話は描いている。

だが、それでも――。

「もっと、穏やかな方法はないのか。その仕組みを、いまの王に受け入れさせるとか。難しいとは思うが、それができれば、血を流さずに物事を変えられる。王宮を襲い、王族すべてを捕えようとしたら、どれほどの犠牲が出ることか」

「それくらいのこと、俺たちが考えなかったとでも思うのか」

端正な顔の若者が、目を尖らせた。

「だがこれは、何度でも考えてみていい問題だ」

「そういう考え方をする人間は、嫌いじゃない」サクハは、今度こそはっきりと微笑んだ。「ナーゲン。あなたの言うとおり、この男は信頼できるのかもしれない」

「軽率に判断できることじゃないぞ」

ウホルがサクハにささやいた声は、ソナンにもはっきり聞こえた。サクハは、それに対して小さくうなずいてから、ソナンに視線を戻した。

「我々が、この計画を本気で考えはじめたのは、五年前のことになる。そのころ仲間は十人いた。けれども、より穏当な方法を試みているうちに、一人ずつ、捕えられて殺された。当時の仲間は、いまでは私とこいつしか残っていない」

サクハは顎で、隣にすわるウホルを示した。手配書に記されていなかった罪状は、国を変えようとしたことだったのか。

「我々四人は、あとから加わったのだ」ナーゲンが、この話を補足した。「私が仲間入りしたとき、最初の十人は、三人にまで減っていた。それが二人になったいきさつは、君もいくぶん知っているはずだ」

何のことを言っているのかソナンが思い当たるより早く、ナーゲンは続けた。

「それについて彼らに説明するために、もう一つ、君と私のあいだの秘密を明かしてしまいたいのだが、かまわないよね。我々はいま、ここにはいない何十人もの命を危険にさらしかねない秘密を、君に話しているのだから」

その何十人が危険になるのは、ソナンがこの部屋を自由に出られた場合だけだ。だがソナンは、ナーゲンが何について言っているのかわかったので、そうした皮肉は胸の内にとどめておいた。

「私がいくぶん知っている死についてなら、いいですよ。話していただいても」

「ありがとう。さて、同志諸君、実は――」とナーゲンは、ソナンが予想していた名前を口にした。「彼が秘密の裁きの結果、どうなったか、つきとめてくれたのは、ここにいるソナンなのだ。理由は告げずに頼んだのだが、治安隊の書類から、ああした結果を教えてくれた。残念なことではあったが、彼の死をはっきりと知ることができたのは、ソナンのおかげなのだ」

「ほら、みろ。やっぱりこいつは、クラシャンと親しい」

端正な顔の若者が、我が意を得たりとばかりに言った。

「ソナンは、クラシャンに尋ねたわけではない。書類を盗み読みするという、危ない橋を渡ったのだ。だから、彼が裁きの結果を調べたことは、誰も知らない」

「それほど重大な頼み事ができるほど、あなたはこの男を信用していると言いたいわけか」

ウホルの口調は冷ややかだった。

「そうだ。しかしそれは、人柄を信用しているというだけではない。私は、彼が命に代えても守りたいと思っている秘密を二つ、知っている」

それまで半ば目を閉じて、うつむきかげんでナーゲンの話を聞いていたソナンだが、驚きに目を見張り、腰をひねってナーゲンを見た。

秘密とは、パチャトのことか。もう一つは、弓貴と彼との関係が、思われている以上に深そうだということか。

腰をひねった格好のまま、足の裏をしっかりと床につけた。後ろ手に縛られたままできることは、頭突きだけだ。ナーゲンがひとことでも秘密を口にしそうになったら、頭で頭を襲おうと思った。

とはいえそれでは、うまくいっても気絶させるくらいで終わるだろう。時間は稼げるが、そのあとどうしたらいいのか。

そんなソナンのあせりをよそに、ナーゲンの話は続いた。

「私はそれを、君たちに打ち明けるつもりはない。どんなに説得されようと、強要されようともだ。けれども、私が二つの秘密を握っていることは、彼が我々の秘密を明かさないという保証になる。二つとも、それほど重い秘密なのだ」

ナーゲンはまだ、ソナンを救うために闘っていたのだ。そのために、使えるものはすべて使おうとしているのだ。そう気づいて、ソナンの足から力が抜けた。

ナーゲンの保証に対して、ウホルは瞳に懐疑の色を浮かべ、サクハの右目の青空さえ、薄雲に陰ったようにみえた。一方で、貴族の男は眉根を寄せて考え込み、ソナンへの反感を始終あらわにしていた端正な顔の若者は、とまどいをみせている。

自分は、生きて再び七の姫に会えるのだろうかと、頭の後ろの痺《しび》れた場所で、ソナンは思った。大事な秘密は守れるのか。そして、この国はこれから、どうなるのか。


こうした疑問に思いを巡らせる時間は、それからたっぷり与えられた。彼らは六人だけで相談することに決め、ソナンを部屋から追い出したのだ。縛られたまま用心棒とともに、少しはなれた小部屋に閉じ込められた。用心棒は、話しかけても沈黙したままだったので、ソナンはひとりで考えた。

彼自身の運命は、サクハらの決断に委《ゆだ》ねるしかない。この用心棒相手では、逃げ出す隙《すき》はなさそうだし、彼が逃げたらナーゲンが殺されかねない。

なんとかうまく用心棒を遠ざけて、手首の縛《いまし》めを解き、剣を取り戻せば、五人を倒してナーゲンと彼自身とを救うことはできるかもしれない。だが、その場合、この国はどうなる。

ソナンはこのとき、自分の命のことよりも、彼らの企《くわだ》てのほうが気がかりだった。サクハの語ったとおりに事が進めば、どんなにいいだろう。けれども、ナーゲンの言によれば、勝算は五分。しかもこれは、王宮への襲撃だけの話だろう。そのあとで、混乱をうまく押さえられるのか。他国に侵略させず、新しい王の治世がすんなりと始められるのか。その治世はほんとうに、いまよりましなものになるのか。どこでしくじっても、たくさんの血が流れたあげく、荒廃だけが残る結果となってしまう。それでもソナンは、この希望の火を消したくなかった。もしもいま、治安隊が突入してきたら、手首の縄を引きちぎり、サクハとウホルを逃がすために戦ってしまうのではと思えるほどに。

空が白みはじめたころ、あの部屋に呼び戻された。

六人は、全力の殴り合いをずっと続けていたとでもいうような、へとへとの顔をしていた。服装に乱れはなく、痣《あざ》も怪我《けが》も見受けられないから、こぶしによる殴り合いではなかっただろうが。

疲れきってはいても、どの顔にも、不満や苛立《いらだ》ちは見られなかった。激論の末、彼らは全員一致でひとつの結論に達したのだ。

ソナンは、彼が生死を調べた人物について、説明を受けた。ナーゲンが尊敬していた若い友人は、王宮を襲撃するという暴力的な方法をとる前に、もう一度だけ、そうでないやり方を試したいと言い張った。そして、最も聡明で良心的だと言われている王子に直談判《じか》に行った。

暴力的な手段は使っていない。立ち入ってはならないところに侵入したわけでもない。王子の行きつけの店を調べて、その店に下働きとして入り込み、来店した王子に話しかけたのだ。この国には、これだけの問題があり、多くの人間が塗炭の苦しみをなめている。それなのに今は、そうした苦しみをなくしていくための方法を語っただけで逮捕される。

そんな話をどこまでできたかは、わからない。男は戻ってこなかったから。そして、ウホルとサクハが凶悪犯として手配された。

ナーゲンらほかの仲間は身辺を探られてもいないようだから、捕まって姿を消した男が口を割ったわけではないのだろう。五年前からともに計画を練ってきたウホルとサクハは、じゅうぶん用心してはいたが、つながりを突き止められてしまったのだ。

「そうなることは、最初からわかっていた。我々は、全力でとめたんだ。命を無駄に捨てるだけだと。だがあいつは、聞かなかった。どう転んでも、仲間も敵も大勢が死ぬ襲撃に踏み切る前に、どうしてもやっておかなければいけないことだと譲らなかった。どんなときにも筋を通さずにはいられない、そういう男だったんだ」

ウホルが、下唇を突き出して、悔しそうに目をすがめた。

「それだけが理由じゃない。あいつは、残された我々が、襲撃への躊躇《ちゅうちょ》を感じなくていいように、あんな無茶をやったんだ。ほかの手段はやり尽くした。あとはこれしかないと覚悟を決められるように」

サクハの深い声は、やはり地の底から聞こえてくるようだった。その声が、つづけてソナンに、恐ろしい問いを投げかけた。

「これを聞いたうえで、考えてもらいたいことがある。君には、我々の仲間になる気があるだろうか」

7

まだ、引き返せる。

警備隊の青い外套《がいとう》姿の部下たちを前に、ソナンは心の中でつぶやいた。

つぶやいてみただけだ。気持ちはとっくに決まっている。ただ、まだ逃げ出すことはできるのだ、くるりと反対を向いて、彼の立場として当然の行動をとることもできるのだと考えることで、これから起こる事態の大きさに押しつぶされないよう、踏ん張っているのだ。

まだ、引き返せる。逃げ出せる。

特に心を魅《ひ》かれるのは、逃げ出すという道だった。あと少しで、王都は大混乱に陥る。そうなったら、彼がひとりで街を去っても、追ってくる者はいないだろう。治安隊も、サクハらも、ソナンにかまうどころではなくなるのだから。

港町には、七の姫を乗せた弓貴《ゆんたか》の船が、出港の時を待っている。詳しい事情を伏せたまま、帰国する手続きをとらせたのだ。彼はただ、その船に乗りさえすればいい。

そこには、パチャトもいるはずだった。ナーゲンには、このたびの大事のためであろうとも、妻の命を危険にさらすつもりはなかったのだ。ナナと同じく詳しい事情を聞かされていないパチャトは、息子の妻に会えたことを喜んで、きっといまごろ機嫌よくおしゃべりしていることだろう。

船は沖合で、ナーゲンが多くの私財を載せてひそかに出港させていた船にパチャトを移してから、弓貴に向かう。ナーゲンの船のほうは、中央世界の小国にあるナーゲンの商売拠点のひとつまで、パチャトと財産とを運ぶ。

商人とはたくましいものだと、この話を聞いたときソナンは思った。国をひっくり返す試みに一命を賭《と》して挑もうというときにも、妻と財を守る手筈《てはず》はしっかりつける。

ナーゲンは、この保身を恥じてはいなかった。彼は、サクハらの計画にかかる費用をほとんど一人で出していた。大商人であってみれば、たとえトコシュヌコが暴政の末に滅んでも、よその国に移住して商売を続けられる。国の破滅を予見しても、ただ見捨てればいいことなのに、救うために力を尽くす決意をした。

勝算が五分であるように、この動乱のあとに彼が生き残っているかどうかも半々だろう。だが、生き残ったなら、また商売をやる。それがこの国のためにもなる。生き残れなかったなら、夫をなくしたパチャトが暮らしに困らないようにしたい。財産を守るのは、そのためだ。

ソナンの決意がほんとうに固まったのは、この話を聞いたときかもしれない。王族や貴族、ことに武人は、命がけの勝負の際に、負けることを考えない。無論、個々の戦闘の退路は頭に描いておくが、勝負自体には必勝の覚悟で臨む。負けたあとには死があるだけだからだ。

だが、支配者の勝ち負けに振り回されるばかりの庶民は、ナーゲンのような商人にかぎらず貧民でも、残るかもしれないものをどこまでも守ろうとする。このたくましさがあれば、サクハらの試みが失敗して国が大混乱に陥っても、すべてが潰《つぶ》れてしまうことにならないのでは。そんな気がして、少しだけ心が軽くなった。

立ち聞きと監禁のあと、仲間になる気はあるかと問われたあの夜、ソナンはその場で答えを求められはしなかった。すぐに決められることではないだろうと猶予《ゆうよ》をもらい、秘密を決して漏らさないと誓ったあとで、あっけなく解放された。彼らは殴り合いのような話し合いの末、彼を信用することに決めたのだ。ソナンをというより、ナーゲンへの信頼がそれほど厚かったということだろう。さらに、ソナンが不穏な動きを示したら——たとえば、父親や治安隊に連絡をとろうとしたら——それを封じられるよう、密《ひそ》かに見張っていたのかもしれないが、それに気づく余裕も探る余力も、ソナンにはなかった。

明けきった空のもと、代王の屋敷に帰りつくと、七の姫をはじめとする人々は心配して、眠らずに彼を待っていた。この人たちを騙《だま》すわけにはいかないと、ソナンは正直に語った。いまはまだ話すわけにはいかない問題で、こんな時間まで帰れなかった。これから重大な決断を下さなければならないが、それについても話すことはできない。しばらく黙って見守っていてほしいと。弓貴の人たちは、何も言わずにそれに従った。

勤務は普段どおりに続けた。悩みが深すぎて、かえって表に出なかった気がする。頭と心の半分が常に痺《しび》れているようで、空人《そらんと》からソナンに引き戻されて警備隊の平隊員になった当初と同じような、ただ物静かな男でいたようだ。

半分痺れていたからといって、問題から目をそらしていたわけではない。彼は考えに考えた。おそらく、答えは最初から決まっている。けれどもそれは修羅の道だ。考え尽くさずには進めない。

ソナンは必死でほかの道をさぐった。このことで唯一《ゆいいつ》相談のできる相手、ナーゲンと長い話もした。ナーゲンは、自身が仲間になったいきさつや、このことに懸ける思いを語ったが、ソナンを説得しようとはしなかった。ただ、彼の疑問に答えたり、話が混乱したら整理したり。

ほかの道として考えられるのは、シュヌア家の長男という立場を利用して、襲撃や王の交替などしなくても物事を変えられるよう、働きかけることだ。だが、どんなやり方をしても、動いたとたんに監禁されるか殺される。これまでにも、物事を変えようとした王族や貴族がいないことはなかったが、あっというまに粛清された。

それもいいかもしれない。王宮を襲撃する一味になるくらいなら、正面から当たって殺されたほうが、この国の貴族に生まれた義務を全うすることになるのかも――などと考えたりもしたが、代王と結婚しているいま、彼のおこないは、弓貴に悪影響を与えかねない。絶対に選んではならない道だ。

数日後に、最初からわかっていた答えをサクハに伝えた。

決行まで、それからわずか九日だった。

その日を逃せば、王と王子が全員王宮にいるなどの条件が整う次の機会は、二カ月以上先になる。そんなに延ばしてしまったら、どんなに用心していても、治安隊に動きをつかまれてしまうだろう。決行の日は動かしがたいものだった。

ソナンはこの間、背後に気をつけながら三回も、秘密の通路を使ってナーゲンの屋敷に行き、打ち合わせをした。段取りは細部まで決まっていたが、ソナンの参加で練り直され、勝算は五分から七、八分へと高まった。

ソナンはこの会合のあと、一階に移動してナーゲンと心情を語り合い、襲撃のあとのことまで話していたから、代王の屋敷に帰り着くのはいつも明け方になった。

決行の二日前に、色黒の男が王都を出た。仲間と計《はか》って郊外の数カ所で暴動を起こすためだ。そうやって、王都の外にできるだけたくさんの部隊を引きつけておいて、王宮を襲うのだ。

翌日、防衛隊が訓練のため、山岳地帯に出かけていった。急いで戻れば半日とかからない場所だが、そのためにどうしても通らなくてはならない崖道《がけみち》を、仲間が崩しておくことになっている。鳥などを使って急を告げられたとしても、道を直して戻ったときには、すべてが終わっているだろう。

そんな場所に防衛隊がこぞって出かけるなど、ずいぶんうかつな話だが、ナーゲンらが工作して実現させたのだという。賄賂《わいろ》と浅慮の蔓延《まんえん》。これも変えなければならない物事のひとつだ。

　そして決行の日、夜におこなわれる祝い事のために、捕えたい人物のほとんどが王宮に集まった。当然警備は厳重だが、襲撃側にはじゅうぶんに腕の立つ人物がそろっている。奇襲をかければ勝てるという目算があった。

　ソナンが立ち聞きをする日まで、サクハらが最も気にしていたのは、都市警備隊のことだった。本来は王宮の警備に関わることのない部隊だが、異変を聞いて駆けつける者がいるかもしれない。実戦に慣れているから手強《てごわ》いが、警備隊の詰所はあちこちにあるうえ、見回りで出歩いている者も多いので、すべての足止めは不可能だ。

　王宮への奇襲には、不満をためこんだ町の人々が続くことになっている。もちろん、郊外の暴動と同じく、事前に計画を伝えてあるわけではない。最小限の数の仲間が下準備して、必要な時に大きなうねりを生じさせるのだ。これがうまくいき、群集が王宮を取り囲んだなら、警備隊もすんなりとは入ってこられない。王宮への忠誠心より庶民としての仲間意識のほうが強い警備隊員らは、群がる人々を力で押しのけるのをためらうだろう。

そう考えてのことだが、その通りに事が運ぶかは心許《こころもと》なかった。

そこに、ソナンが仲間に加わった。王宮に近い詰所の三分の一は彼の担当だ。変事に駆けつけるようなまじめな隊長や隊員を、よそに行かせたり非番にしたりすることができる。

さらには庶民への仲間意識が強い者たちを集めて――。

所属も階級もばらばらの三十人の部下たちは、方面隊長に呼び集められ、帯刀のまま休業中の居酒屋に連れて来られたことに、とまどっていた。ソナンのこの奇行は、通常だったら翌日には治安隊の耳に入るだろうが、そんな当たり前の明日は、もう来ない。

遠ざけておきたい部下を、別の詰所にやったり休みにしたりも、慎重に、裏に意図があることを気取られないようおこなったが、これまでソナンは人の配置に口出ししたことがなかった。さぞ怪しまれているだろう。けれども、今夜の行動を邪魔されなければ、それでいい。

この居酒屋も、ナーゲンが所有するものだった。王宮にほど近く、両隣は商店なので、夜間は無人。

居酒屋の大部屋は、卓と椅子《いす》が片隅に寄せられて、がらんとしていた。そこに部下を整列させて、ソナンは向かい合う位置に立った。隊員たちの背後には、この店唯一の個室の入り口がある。

ソナンは厳選した三十人を見渡すと、最後にもう一度だけ、心の中でつぶやいた。

まだ引き返せる。

だが、引き返さない。

覚悟を決めて、口を開いた。

「諸君、驚かないで聞いてほしい。私はこれから、王宮を襲撃する」

短い無音の間をおいて、遠慮気味の笑い声があがった。とまどいや困惑の態《てい》で、口を閉ざしたままの者も多い。そうした反応を何ひとつ見逃さないよう目を配りながら、ソナンは続けた。

「冗談ではない。いまのこの国のありさまはひどすぎる。国は富み栄えているのに、庶民の暮らしは苦しくなる一方だ。それをどうにかしようという動きを、王宮はみせないばかりか、そうした動きを圧殺しつづけている」

それ以上、詳しく述べる必要はなかった。王都で警備隊の仕事をしていれば、日々感じないではいられないことだ。三十人は無言のままだったが、多くが同意の怒りを目に宿した。

そうでないと困る。そういう者たちを選んだのだから。とはいえ半数近くが、怒りとは裏腹な警戒感を、頰のこわばりに示していた。

それでも、もう引き返せない。

「我慢のできなくなった者たちが、王を見識ある人物と交替させ、世の中をいまよりましにする試みを計画した。よく出来た計画で、勝算は高い。私はその計画に参加することにした」

部下らの理解が追いつくように、ゆっくりしゃべった。全員がはっきりと青ざめていった。いや、三人ほどは反対に、顔を朱に染めている。いずれにしても、理解したということだ。

「決行は、今日、いまからだ。私はここより王宮に向かい、王と王族を捕える」

蒼白《そうはく》を通り越して顔が土気色になった隊員がよろめいたのを、隣の男が支えた。隅のほうでそわそわとからだを揺すっている者は、誰かにこれを知らせたくて、じっとしていられないのではないか。

「どうして、そのようなことを我々に、お話しになるのですか」

ソナンが最も信頼している詰所の隊長が、震える声で尋ねた。

「いまの話を聞いて、自分も参加したいと思った者が、参加できるようにだ」

「おお」と感激の声をあげて、五人ほどが一、二歩前に進み出た。

「連れていってください」「こんな時を待っていた」

五人とも、目を輝かせ、こぶしを握ったり鼻の穴を大きくしたりと、本気のようだ。

ソナンはうなずいてから、全員に目を配りなおした。ここから先はなおいっそう、個々の変化を見逃せない。

「ほんとうは、この計画について詳しく説明したいが、時間がない。だが、聞いてくれ。私は、これが成功したら、多くの人の救いになると信じている。いや、いまやらなければ、この国は破滅する。私の判断を信じ、王宮への襲撃に加わりたい者は、前に出ろ。そうでない者は、後ろへ」

床が揺れるほどの勢いで、ほとんど全員が前に出た。興奮して、いまにも走りだしそうな様子の者ほど、大きく足を踏み出した。少し遅れて出てきたなかには、蒼白な顔のままの者もいる。事の重大さに血の気が引いているのだろうか。後ろに下がったのは、二名。どちらにも動けないでいるのが、三名。そのうち二人が、悩んだ末に、小さな歩幅で後ろに引いた。

「私についてこないと決めた者には、しばらくこの店に残ってもらう」

ソナンの言葉を合図に、個室の扉が開いて、筋骨隆々とした男が五人、現れた。ナーゲンが、手下の中から、襲撃には向かないが人を見張る仕事に長《た》けていると選んだ者たちだ。

「その男らに武器を渡してくれ。危害を加えることはしない。少しの間、ここにとどまってほしいだけだ」

この状況で、方面隊長の命令に逆らう者はいなかった。四人は素直に剣を差し出し、背中を軽く押されただけで個室に入った。

ソナンは、前にも後ろにも動けないままでいる男の名を呼び、つづいて四つの名前を口にした。最初にからだをいらいらと揺すっていた者。前に進み出たときも蒼白だった者。目に怒りや決意でなく、憎しみのかけらがみられた者。最初から最後まで、感情がまったく窺《うかが》えなかった者。

「悪いが、君たちにも残ってもらう。後ろに行って、武器を渡してくれ」

前に出たのに名前を呼ばれたなかには、抗議の声をあげかけた者もいたが、ソナンの強い視線と周囲の冷ややかな目に押されて、不承不承という顔で指示通りにした。

その男も、本気で襲撃に加わりたかったのかもしれないが、ソナンは用心深く、少しでも怪しい反応の者は、連れていかないことにしていた。襲撃に参加するふりをして、途中で逃げ出し、通報されてはたまらない。残りの二十一名は信用していいだろう。もともと、話を聞いたら仲間入りしそうな者を選んだのだ。

ソナンは彼らを三つの班に分け、それぞれの長を指名して、王宮に着いてからの行動を説明した。

居酒屋を出たら、王宮の隅にある警備隊の本部に近い、東の小門に向かう。緊急に呼ばれたのだとソナンが言えば、制服を着た二十一人もいっしょに中に入れるだろう。怪しまれて、確認の伝令を出されそうになったら、力ずくで門を抜けることになるが、まず、そんなことにはならないはずだ。

入ったら、三手に分かれて、南と北に計三つある小門に向かい、警備の者らを背後から襲って、外で待機している仲間を引き入れる。ここはできるだけ密やかに、庭や他の門を守る兵に気づかれないようにしなければならない。そのころには、西の倉で火事が起こり、人々の注意を引きつけるので、その隙《すき》をつけばいい。

ソナンは、北の小門を襲うふたつの班に、門の外で待っている仲間を確かめる合い言葉と、率いる人物の名前を伝えた。

「以後は、その男に従ってくれ。ふたりとも市井《しせい》の者だが、私が知る最も優れた隊長たちと肩を並べる人物だ」

　ソナンは、南の小門を襲う班に同行する。外の仲間と合流したそれぞれの班は、たとえ他の門の襲撃がうまくいっていないことに気づいても、それにはかまわず、王宮中央にある儀式棟に向かう。目指すは、最上階の五階にある広間。

「そこからは、近衛《このえ》隊に正面からぶつかることになる。命を捨てる覚悟で臨んでもらいたい。それに少しでも、怖《お》じ気《け》や躊躇《ちゅうちょ》を感じるようなら、いまからでも遅くない。ここに残ることを選んでくれ。私はそれを、臆病《おくびょう》だとは思わない。おまえたちにも、そう思うことを禁じる。家族のために、なんとしても生きのびねばならない者はいる。命を大切にすることは、恥ではない」

　ソナンはそこであらためて、一人ひとりの名前を呼び、ついてくるか残るかを尋ねた。問答のあいだ、目をのぞきこみ、本気なのか、連れていって大丈夫かを慎重に確認した。それから、二十一人とともに出発した。

　裏口を出て、裏通りを進んだ。外は身を切るような寒さらしく、道を歩く人たちは、分厚い外套を着込んでもなおつらそうに身を縮め、早く屋内に入ることだけを考えているような早足だった。おかげで、普段の見回りよりも大人数で歩く警備隊に、注意を払う者はいなかった。

ソナン自身は、外気の冷たさをまるで感じていなかった。これからのことで頭がいっぱいで、外気というものがあることさえ意識できない。他の隊員たちもそうだったろう。

門を入るのに、問題は生じなかった。警備隊の方面隊長が警備隊の本部に警備隊員を連れていくのだ。もともと深く怪しまれることではないうえに、ソナンに関してなら風変わりなことも起こりうるという先入観や、彼がクラシャンと親しいという、ある意味誤った風評が助けになったのだろう。門兵は、警備を厳重にすべき日であるにもかかわらず、緊張感のかけらも見られない顔で、ソナンらが通るのをながめていた。

「火事だ」という叫び声が聞こえたのは、彼らが本部のある建物の脇《わき》を過ぎて、三手に分かれたすぐ後だった。こうなると、庭を集団で走っても注意を引かずにすむ。ソナンは駆け足を命じて、七人の部下とともに南の小門に向かった。

何も言わずにいきなり斬《き》りつけることに、警備隊員は慣れていない。だから、最初の一人はソナンが殺した。警告もせず、背後から。そうでもしなければ、静かに門を制圧するなど、できるものではない。無言で、手際《てぎわ》よく、門を守る部隊の半数を殺害し、戦意と言葉をなくしてへたり込む残りの兵を縛って猿轡《さるぐつわ》をかませた。

門を開けて手で合図すると、ウホルとその仲間が三十人ほど入ってきた。門は閉ざして、鍵《かぎ》はかけずにおいた。少し遅れて、腕よりも数を頼みの襲撃隊がつづくことになっている。

ウホルとは、目でうなずきあっただけで言葉は交わさず、先を急ぐ。物陰から物陰へと走りながら。

火事騒ぎのおかげか、儀式棟の近くまで、見とがめられずにたどりついた。だがその先は、棟の南門と、そこに至る庭の通路、庭の入り口の三カ所を、近衛隊が守っている。彼らには、油断も、火事騒ぎによる動揺もみられなかった。

物陰からその様子を確認したソナンは、ふたたびウホルと目を合わせた。

不思議なものだ。ウホルとは、初めて会ってから二十日も経《た》っていない。ふたりきりで話したことは一度もなく、ナーゲンの屋敷の二階で四回、卓を囲んで七人での話し合いをもっただけの間柄だ。それなのに、長年命を預けあってきた盟友のように、目だけでこんなにわかりあえる。

ソナンは、門での戦闘で血に汚れた外套を脱ぎ捨てて、全速力で敵に向かった。ウホルを先頭に、三十七人の仲間がそれに続く。

じゅうぶんに身構える暇のなかった最初の守りは、すぐに突破できた。庭の通路の連中を勢いで打ち破り、門の前の近衛隊と初めて本格的な戦闘になった。しかも、騒ぎに気づいた建物の中の近衛兵が、どんどん出てくる。

それを斬り伏せ斬り伏せして、入ってすぐのところにある階段にとりついた。ここから先は、上へ上へとのぼっていくだけだ。この建物には他にふたつ、四階までつづく階段があり、北の小門を襲った二隊が、それぞれの階段に近い入り口から押し入って、同じように上に向かっているはずだった。

とにかく、進め。部下や味方が斬られても、かまうことなく。行く手に知人や恩義のある人物が現れても、かまうことなく。

始めたからには絶対に、成功させなければならなかった。あるいは、完全な敗北か。最悪なのは、押しつ押されつで戦闘が長引き、王族を捕えられずにいるあいだに、群集がこの建物まで押し寄せてくることだ。熱狂した人々には誰の声も届かずに、ただ破壊の限りを尽くしかねない。王族もサクハらも皆死んでしまい、古い秩序が壊れたまま、新しい一歩が踏み出せない事態になれば、トコシュヌコには荒廃しかもたらされないことになる。

勝つか、負けるか。膠着《こうちゃく》状態だけはつくってはならない。ソナンもウホルもつづく仲間も、血に飢えた獣のように戦った。階段には死体が転がり、屋内は重傷者のうめき声に満ちた。ソナンは何度か、血にすべる剣を捨てて、死者の手から新しいものを奪い取った。

味方の数を減らしながらも、四階にたどりついた。この先には、控えの間が迷路のように連なって、そこまでは三カ所にある階段と、五階にのぼるただひとつの階段とを隔てている。

迷路のようといっても、ソナンとウホルはどう進めばいいかを知っていた。極秘のはずの間取り図を、痩《や》せた貴族が奸知《かんち》と賄賂で手に入れたのだ。

その道順に沿って、次の控えの間への扉を押し開けると、十二、三名の近衛兵が、倒した長机の後ろに陣取っていた。あたりには、酒と食べ物と尿のにおいが漂っている。部屋の隅には、やはり横倒しの円卓の後ろに、派手な身なりの貴族が数人、うずくまって震えていた。反対の、何の遮蔽物《しゃへいぶつ》もない隅には、豪華な衣装に埋もれるように身を小さくした貴婦人たち。床には、踏みしだかれた花と、割れた皿と、こぼれた食べ物。

瞬時にそれだけ見て取ると、ソナンは走った。長机の三歩手前で床を蹴《け》って跳躍し、敵の中に飛び込む。部下たちがそれに続いた。

ソナンは、踊るように戦った。もともと得意だった剣術に、防衛隊時代にならした喧嘩《けんか》の腕。弓貴で習った数々と、香杏《かあん》との戦で命のやりとりをした経験。警備隊で強盗相手に鍛えた技。考えなくてもからだが動いた。右に跳び、左に剣を突き立てて、前の敵を殴り倒し、背後の敵に斬られる前に、後ろにくるりとからだをひねって、手首を蹴って剣を奪う。

すぐに、立っている近衛兵は三人だけとなり、その三人は、先の部屋へと逃げていった。ソナンは追った。隅で震える貴族らは、後続隊が捕縛することになっている。そのときに手荒な真似《まね》はしないよう、ことにご婦人に無用な手出しをしないよう、ソナンはサクハらに申し入れ、できるだけそうするという約束をとりつけていた。

できるだけとは、便利な言葉だ。血潮が飛び散り、誰もが興奮し、混乱し、制御できるはずのない群集があとに続くなかで、できることはいくらもないに決まっている。それでも、何の約束もないよりましだと信じたかった。

ソナンは、そうした懸念《けねん》も倒れ伏す部下も背後に残して、前に進んだ。

次の扉を開けると同時に、三本の剣が襲ってきた。こうした同時攻撃は、ソナンのような手練《てだれ》相手には得策でない。手首を返すだけで、一人から次の一人へと剣を払う相手を変えられるし、攻撃するほうは味方が邪魔で動きがとりにくくなる。

ソナンが三人を片づけると、残る敵は部屋の中央で扇形になって身構えた。その中に、名の知れた剣豪がいた。ウホルらを先に進ませるために、ソナンはその男に突撃した。

正面から行くとみせかけて、直前で左にまわって横から突いた。そんな陳腐な手は読まれていたが、一対一の勝負をする態勢にもちこめた。互いに相手の隙をうかがって、ぴくりとも動けないでいるうちに、ウホルがその他の敵を倒して、半数になった仲間をひきつれ、次の部屋へと走っていった。ソナンの対戦相手はそれを、悔しそうに横目で見送った。

足音が絶えて、小さな控えの間で聞こえるのは、倒れて動けないでいる誰かの、ひゅーひゅーという息の音だけになった。ソナンの右足の古傷は、三階にのぼったころから痛みだし、いまではじんじん痺れていた。これはかえって幸いだった。突然の刺すような痛みとちがって、ふいを衝《つ》かれることがない。

相手が先に動いた。ソナンはぐんと身を低くしてそれをかわし、伸び上がりながら両脚と左手を斬った。脇を接してすれ違うかたちで背中に出て、ひじで背中を一突きする。

敵は前へと倒れたが、その身が床を打つ音を待たずに、ソナンはウホルらの消えた扉へと走った。その先に、五階への階段があるはずだ。

ソナンが駆け込んだときその部屋には、最後の対決という図式が出来上がっていた。ウホルらは、部屋に数歩入ったところで左右に広く散開し、剣をかまえたまま、じっと前方をにらんでいた。視線の先には、きらびやかで幅広な階段と、上り口を守る三重の人垣。

後ろ二列は、王宮の奥所を守る特別な近衛兵であることを示す、黒地に金の線が入った制服を着た二十人弱の男たち。その前に、四人の貴人が、抜き身の剣を手にして仁王立ちになっていた。今日の催しのための正装をしていたようだが、肩飾りなどの動きを邪魔する装飾は、むしりとられて足もとにある。

右から二人目が、シュヌア将軍だった。血走った目は、そばに寄る者を一指も動かさずに吹き飛ばしそうな光を発している。

その目がソナンをとらえた。まさかと驚いたり、怒りをいっそう燃え上がらせたりといった変化はみられなかった。極限の怒りを示す相貌《そうぼう》には、変化の入り込む余地などなかったのだ。

「そこにいるのは、私の息子のように思えるが」

「そうです」とソナンは答えた。

「ずいぶん血に汚れているが、王と王族をお守りするために戦ったためではなさそうだな。その手で、かつての上官や同僚を屠《ほふ》ってきたのか」

問答を仕掛けてくるのは、時間稼ぎのためだろう。階段を守っていればそのうち、王宮内の近衛隊や、王都の内外の部隊が駆けつける。そう考えているのだろう。

だがおそらく、次にこの部屋に現れるのは、ウホルの仲間とソナンの部下混合の、残りふたつの部隊だ。だから、問答につきあうことにした。

「はい。その通りです」

「王と王族への恩を忘れたのか。その血に流れる義務を考えもせず、放蕩《ほうとう》と逸脱を繰り返したあげくに、ついには醜い叛逆者《はんぎゃくしゃ》に成り果てたか」

「放蕩と逸脱は、申し訳なかったと思っています。その反省から真剣に、自分の義務を考えました。その結果、私はこうして、ここにいるのです」

「戯言《たわごと》を」吐き捨てるように言ってから、シュヌア将軍は宣告した。

「ソナン、おまえは私の息子ではない。たったいま、正式に勘当する。永久に」

「すべて覚悟のうえです」

「死して後に、太陽を荒縄で引くこともか」

「もちろんです」

ソナンが揺るぎなく即答したことに、シュヌア将軍はわずかにひるんだかにみえた。だが次の瞬間、剣先をソナンに向けた。

「では、いますぐ始めよ。私がそこに送ってやる」

そのとき、左手の扉が大きく開いて、張りつめていた部屋の空気をどすんと揺らした。

「抵抗するな。おとなしく従えば殺しはしない」

そう叫んで現れたのは、サクハだった。やはり数を半分に減らしたソナンの部下があとにつづく。サクハはふたたび、例の地の底から聞こえてくるような声を近衛隊に向けた。

「この建物は、我々が制圧した。すでに勝負はついている。おとなしく剣を捨てて、道をあけてくれ。無駄な犠牲を出したくない」

この言葉に従う者はいなかったが、時間稼ぎをしていれば援軍がくるという楽観が、彼らの上から消え去った。

「できるかっ」シュヌア将軍の隣に立つ、近衛隊の副隊長が怒鳴った。楽観は消えても、精鋭たちに動揺の色はみられない。むしろ士気が高まったかもしれない。「国の主《あるじ》たる王に刃《やいば》を向けるとは、おまえたちの親兄弟、子孫にいたるまでひとり残らず、呪《のろ》われよ」

「呪われているのは、いまの王族。これから先、国のみんなが救われるのだ」

ソナンは右手の扉に目をやった。そこから現れるはずの三つ目の部隊は、気配もない。まだ二階か三階あたりにいるのか。それともすでに、全滅したのか。

サクハのほうに視線を戻すと、目が合った。うなずきあってから、ソナンは前に立つ仲間のあいだを抜けて、階段へと歩みを進めた。腕を伸ばせばあと一歩で剣先が届く位置までシュヌア将軍に近寄ると、半身になって剣をかまえた。

「かかれ」

サクハの合図で戦闘が始まった。人数は二対一。敵は後ろに引くことができない。たぶん勝てる。

とはいえ、これくらいの人数の戦闘では、一人の難敵が勝負をひっくり返すことがある。武勇の誉れが高く、人望があり、威圧感を発揮するシュヌア将軍は、その可能性を大いにもった人物だ。

だから、もしもこの人が行く手に立ち塞《ふさ》がったら、ソナンが一人で対峙《たいじ》し、一人で倒すと取り決めてあった。叛乱者の一味となった不肖の息子を前にしたら、シュヌア将軍は、ほかの敵には目もくれず、ソナンだけを相手にするにちがいない。その間に、仲間は先に進むことができる。

その想定のとおりになった。この夜の催しに、将軍たちが臨席するのはわかっていた。そうした場を襲われたら、父なら逃げも隠れもせず、命に替えて王を守ろうとすることも。けれども、三手に分かれた攻撃隊の、どれと当たるかはわからない。ソナンが父親の姿を見ないまま、この襲撃が——勝つにせよ敗れるにせよ——終わることも考えられた。

だが、父は最後の階段の前にいた。ソナンは、そこにたどりついた。

父親と、剣を交わして勝てたことは一度もなかった。しかもソナンは、ここまでの戦闘で疲れきり、浅い手傷も負っている。

それでも、倒さねばならない。絶対に。

ソナンは、剣を構えたままゆっくりと二歩下がった。父は二歩、前進した。しばらくは、先に身じろぎしたほうが負けとばかりのにらみ合い。

それから、同時に動いた。

剣と剣とが、どちらがどちらを防いだというでもなくぶつかり、ひらりと返して新たな攻撃。防いで守ってが、一呼吸の間に四度、五度、繰り返された。

父の鋭い突きが、右に来るかと見せかけて左を狙《ねら》った。からくも剣先で払いのけ、思わずのけぞったからだが前に戻る勢いのまま懐《ふところ》に飛び込もうとしたが、彼の得意のその動きは読まれていた。父の左手が、ソナンの肩の布地をつかみ、右手の剣が器用に小回りして喉元《のどもと》に急行する。

父が、剣術からはなれた〈汚い手〉を使ったことに驚いたソナンだが、そうした乱闘の経験は、彼のほうが上だった。肩の手を振り払うのでなく、つかむ力のほうにからだを寄せて相手の体勢を崩しにかかり、同時にやや後ろ手になりながらも、父の剣を自分の剣の鍔《つば》で防いだ。

両者が横に跳んでまた、剣の長さほどの間合いをとって向かい合った。たまたま立ったその位置から、父の背後に、階段半ばで繰り広げられている攻防が見えた。そちらに焦点をうつしたら目の前の敵にやられるので、ぼんやりとしか見えなかったが、どうやら決着がつきつつある。サクハの仲間がふたりほど、倒れた近衛兵の背や頭を踏んで階段をのぼりきった。

父が動いた。脚か腹かを狙ったその剣に、飛び乗ろうとでもするかのように、ソナンは真上に跳び、落ちながら、両手で握った剣を父に向かって突き下ろした。おそらくよけられてしまうだろうが、着地とともに、のけぞる父の懐に入って仕留めるというのが、目論見《もくろみ》だった。

ところが、床についた右足から、骨の髄を通って頭まで、鋭い痛みが走り抜けた。束《つか》の間《ま》、動けず、何も見えなくなったソナンを、父の剣が刺し貫いた。ソナンどさりと床に倒れたのは、しかし、ソナンではなくシュヌア将軍のほうだった。ソナンは痛みによる一瞬の遅れののちに、予定どおりに動いた。そのため父の剣先は横にずれ、心臓でなく右肩の下を貫いた。同時に父の鳩尾《みぞおち》に、ソナンのこぶしが埋まっていた。

弓貴で、陪臣の山士《やまんし》に教わった技だった。ただ腹を殴ればいいわけではない。こぶしひとつで瞬時に確実に気を失わせるには、こぶしを当てる場所や角度、強さや速さをわずかも違《たが》えてはならないこつがある。四の姫との婚儀を中止にしようと、みんなが大騒ぎをしたとき、山士はこの技で、彼をその場から連れ出してくれた。痛みを感じる間もなく意識がとだえ、あんなに強く殴られたのに、腹の内に怪我《けが》が残ることもなかった。

感心した空人は、しばらく後に――直後はそれどころではなかったので――山士に頼んで、こつを伝授してもらっていた。トコシュヌコに暮らすようになってからも、警備隊の仕事で使い、すっかり自分のものにしていた技だったが、さすがにシュヌア将軍相手では、差し違えの形でなければ決まらなかった。

ソナンは腰袋から紐《ひも》を取り出して、父親の手足を縛った。次いで、窒息させないように気をつけながら、猿轡をかませた。父に剣先を向けたときには平静でいられたのに、ぐったりとした口元に布を押し込むとき、むごいことをしているようで、胸が痛んだ。

近くに落ちていた誰かの外套を拾って父の横に広げた。それでからだをくるみたかったが、肩の前後に飛び出している長剣に邪魔され、うまくいかない。一度など、何かに当たって剣が動いて傷を広げた。思わず大きな悲鳴をあげたが、痛みの波が去ると、作業に戻った。

「終わったぞ。王族全員、捕えた」

気がつけば、ウホルがすぐ横に立っていた。はあはあと肩で息をしながら、うわ言のように口を動かす。「うまくいった。王も王子も、一人も逃がさずにすんだ。少しは死者も出たが、それはしかたないこと……」

そこで急に言葉を切って、目を大きく開けた。それから、「ちょっと、じっとしていろ」と言い置くと、近くから別の外套を拾ってきて、裂いて、何枚かの細長い布をつくった。近くにいた仲間に手伝わせて、ソナンの肩から剣を抜き、あふれ出る血を布で押さえて、別の布を肩にぐるぐる巻き付けた。それで血は止まったようだが、右腕がずっしりと重くなり、かえって動かせなくなった。父を外套で包むのは、ウホルらが代わってやってくれた。

「そのからだで、馬車まで運べるのか」

ウホルが心配そうに尋ねた。

「運べる。運ぶ」

ウホルの愁眉《しゅうび》は開かれなかった。

「このふたりに、馬車まで送らせる」

そう言って、剣を抜くのを手伝った男と、もう一人、近くにいた者に指示を与えた。

「だめだ。こんなことに、人手を割かせるわけにはいかない」

ソナンは断ったが、ウホルは二枚の外套にくるまれて細長い荷物のようになった物体に目を落として言った。

「いいんだ。この人に中央世界から消えてもらうことは、我々にとっても重要だ」

それから、別れの言葉も残さずに、時間が惜しいとばかりに身を翻《ひるがえ》し、階段を駆け上がっていった。

ソナンが参加するのは襲撃まで。事前にそう取り決めてあった。敵の中にシュヌア将軍がいた場合、ソナンが一人で必ず倒す。倒してのちに生きていたら、その身柄とともに、ソナンは中央世界を去る。

その条件で仲間になると伝えたところ、承認された。おそらくサクハらにとっても、都合のいい話だったのだろう。

奇襲で全王族を捕え、新しい王の治世をすぐさま始めることが、彼らの計画の肝だった。それがうまくいったあとの憂《うれ》いは、他国の動向と、かつての王宮を支えていた勢力からの反撃だ。特に怖いのが、国外に逃れた有力者が、兵を集めて、新しい王の首をとろうと進軍してくること。

サクハらは、そうした軍の相手をしながら、混乱した国をしずめていく覚悟をしていたが、シュヌア将軍のように手強く、人を集めやすい人物が、その中心にいる事態は避けたかったのだ。

襲撃の際に命を落としてくれればありがたいが、そうでなかった場合、捕えたところで、絶対にこちらになびく人物ではない。裁きにかけても、王族と違って、問うべき罪状が見あたらない。無理に罪をでっちあげれば、民衆が騒ぎ出すだろう。

そんなやっかいな人物が、中央世界から消えるというのは、歓迎すべき事態なのだ。

襲撃が成功して、ソナンが約束したように事が運べば、ソナンもシュヌア将軍も、公式には戦闘で死んだことにする。だから決して中央世界に戻ってきてはいけないと念押しされたが、もとよりソナンに戻る気はなかった。

立ち聞きの夜から、考えに考えて出した結論だった。

どれだけ考えようとも、結局自分は襲撃に参加すると、ソナンにはわかっていた。この国は、このままではいけない。王宮は、このままではいけない。物事を変えるには、もはや力によるしかない。その思いは、信念というより執念のように、彼の心を動かなかった。

だから、立場の上からみれば重大な裏切り行為に踏み出すこと、善良な人物であることを知っている顔見知りの近衛兵らを背後から攻撃すること、場合によっては親や国王その人をこの手で殺害することまでの覚悟はできた。

だが、どうしても、自分にはできないと思えることがあった。

それは、捕えた王を裁く側にまわること。

新しい王を補佐して、国を動かす決め事をする仲間に加わること。

サクハらは、襲撃の計画よりも綿密に、その後の国づくりについて考えていた。ソナンはその概略を聞いて、良い計画だと思ったが、そこに自分はいたくない。こんなぎりぎりで加わった自分が、いてはいけない。いるべきでない。そう思えてならなかった。

修羅の道に進む覚悟をかためながら、どうしてそんなことにこだわってしまうのか、自分でもわからなかったが、四の姫との婚儀の前に、そうしてはならないとわかっていてもどうにもできなかったのと同じで、ほかの選択ができなかった。

幸い、ソナンの決意はむしろ歓迎され、襲撃のあとで港町に行く馬車まで用意してもらえた。

その馬車に、王宮を襲いはじめた群集に逆行して、大きな荷物を抱えてたどりつけたのは、二人の助《すけ》っ人《と》のおかげだった。右肩の動かないソナンには、自分のからだを運ぶだけで精一杯だったのだ。礼を述べ、別れを告げると、二人は王宮へと急ぎ足で引き返し、馬車は港町に向かって走りだした。

これでもう、到着までやることはない。馬車が揺れるたびにひどくなる肩の痛みに耐えていればいいだけだ。

右脚も痛みに痺れていた。熱もあるようで、全身が汗ばんでいる。息は浅く、苦しかった。

トコシュヌコの換語士として弓貴に行った帰りの船旅が思い出された。あのときのように、しだいに意識を失い、うなされつづけることになるのだろうか。

けれども、薄暗い馬車の中でソナンを何より苦しめていたのは、怪我でも熱でも息苦しさでもなく、罪悪感だった。王宮を制圧しても、サクハらにはまだまだ試練が続く。新しい王の即位を人々に納得させることができるのか。彼らの国づくりは、思い描いたように進むのか。襲撃を逃れた貴族や武人からの反撃を、抑えつづけることができるのか。最もやっかいなシュヌア将軍が消えるとはいえ、しばらくは内乱のような状態になるかもしれない。

それなのに、一人で逃げていいのか。壊すだけ壊して、新しいものを作る苦労を担《にな》わず去ってもいいのか。

だが、何もせずに逃げ出したわけではない。

ソナンには、襲撃に加わると約束だけして、今夜ひとりで旅立つこともできたのだ。それが最も楽で安全な道だったが、そんな卑怯《ひきょう》なことはしなかった。命を賭して、やるだけやった。だから、許してくれ。

心の中で誰にともなく弁明したが、心は少しも軽くならなかった。

馬車はぶじに王都を出たが、争乱はあちこちに広がっていた。いまごろは、王宮だけでなく、貴族の屋敷なども襲われているのではないだろうか。代王屋敷に残してきた人々には、守りを固くしておくように指示してきた。もしも襲われたらどう逃げて、どう隠れるかも教示した。けれども、同じ忠告を耳に入れたかったたくさんの人たちに、何も言うことができなかった。

シュヌア家の屋敷が襲われたら、ヨナルアもぶじではいられないかもしれない。チヤニルとその家族もこの混乱で、ひどい目にあうかもしれない。そのほかの、貴族社会の知り合いたちは、これからどうなるのだろうか。

人々がましな暮らしができるようにとの闘いであっても、今夜の破壊で罪のない人々が、とばっちりを受けることもあるだろう。そのあとも、世の中が落ち着くまでの混乱で、ささやかに営んできた暮らしが踏みにじられることも、多々起きるだろう。

下宿先で親切にしてくれた貸し主や、これまで担当した地区の日々挨拶《あいさつ》を交わしあった商売人。なじみの茶屋の主人や店員。彼が戦いに連れ出した部下たち。居酒屋に残した部下や、あえて非番にして、この騒動に遅れて駆けつけることになる優秀な警備隊員たち。ソナンが守るべき立場にある、シュヌア領の人々。迷惑をかけたきり、何の手助けもできないままのナーツの一家。裁きの場で貴重な証言をしてくれた、もうひとりのソナン。

だれ一人助けることなく、父だけ連れて、安全な地に逃げようとしている。

けれども、鬼ならぬ身のソナンには、すべてを守ることはできないのだ。これはもう、決めたことなのだ。

「太陽を荒縄で引くことになる理由が、またひとつ増えました」

ソナンは、座席に横たえた長細い荷物に向かってつぶやいた。

8

「空人《そらんと》様あ、大変です。大変なことが起こりましたあ」

代王屋敷にいたときから陪臣の仕事をしている身兵が、大声をあげて走ってきた。

慌《あわ》てていても船の揺らぎに足をとられないていどには、すでに外海の旅に慣れている。弓貴《ゆんたか》への航路も半ばを過ぎ、ソナンのほうも船旅になじむとともに、誰かがこうして急を知らせに来ることに、うんざりするほど慣れてしまった。

きっとまた、あの人が何かやったのだ。思わず、ちっと舌打ちしたが、こんな音をたてるのは、弓貴の督にあるまじきことだ。船から下りたら絶対にやらないようにと、胸に手をあて、己に言い聞かせた。

「大変です。お父上が」

そのあいだに身兵がそばまで来た。息を乱して、顔はすっかり青ざめている。ソナンは、威厳と落ち着きを感じさせそうな顔をつくって、尋ねた。

「今度は、何だ」

意識を取り戻したシュヌア将軍は、船に乗せられ中央世界を離れようとしていることに気がつくと、考えられるありとあらゆるやり方で抵抗した。

ソナンは、父親の鋼《はがね》の意志をみくびっていたようだ。まだ船酔いに苦しんでいた時分から、隙《すき》があれば護衛という名の見張り役を殴り倒して船室を逃げ出し、操舵室《そうだしつ》を占拠しようとしたり、海に飛び込もうとしたり。

あのときは、心臓がとまりそうなほど驚いた。海は凪《な》いでいたとはいえ、落ちた人間を拾い上げるのは、まず無理だ。船乗りたちが素早く取り押さえてくれたからよかったが、父は、外海を泳いで渡れるとでも思っていたのだろうか。

〈汚水落としの穴〉を広げて、そこから脱出しようとしたこともあった。からだ半分入ったところで支《つっか》えて、身動きがとれなくなっているのを発見できて事なきを得たが、あやうく、汚水溜《だ》めで溺死《できし》している父親を見つけるはめになるところだった。

まったく、ソナンは甘かった。外海に出て一度大波に揺られてしまえば、すべてはもう終わったこと、変えようがないのだと、あきらめてくれるものと思っていた。中央世界は、荒海の彼方《かなた》に遠ざかった。船にいるのは、言葉の通じない異国人ばかり。もはや息子に従うしかないと。

ところがシュヌア将軍は、困難が大きいほど闘志を燃やす人間だった。

ソナンは、父親が問題を起こさないよう厳重に見張らせながら、言葉を尽くして説得した。まずは、親に対して暴力をふるったことを詫《わ》び、けれども、勝負に勝ったのはソナンなのだから、従ってもらうのが道理だと、はっきりとは指摘しないまでも言外にほのめかし、異国とはいえ安楽に暮らせる土地で余生を送ってほしいのだ、そのためにできることは何でもすると、孝行息子を演じてみせた。

トコシュヌコは、もう決定的に変わってしまった。無理に元に戻そうとしたら、あの国に刻まれる傷を大きくするばかりだ。かといって、変わってしまった祖国をただ見ているのはつらいだろう。だから、中央世界を離れてしまうのがいちばんいい。どうか、あの闘いで死んだと思って、過去を断ち切ってもらいたい。すべてを忘れて、のんびりと隠居暮らしをしてほしい。

いっそあのとき、ほんとうに殺せばよかったのだと、父はうそぶいた。親殺しの罪など、祖国と王への叛逆《はんぎゃく》にくらべれば、何ほどのものでもないだろうに、と。

そこでソナンは、説得の方向を変え、これからの生活の魅力を語った。辺境は、野蛮で暮らしにくい土地と思われがちだが、そうではないと、弓貴の風景の美しさ、人々の礼儀正しさ、雨に濡《ぬ》れるおそれのない便利さなどを述べたてて、最後に切り札を出した。

「そこには、顔は私にそっくりですが、気性はまるで違う、まじめで賢い八歳の少年がいます。あなたの孫です。どうかその子に、シュヌア家の血を引く男子の心構えを教えてやってください」

孫の存在を知れば気持ちが変わるのではと考えて、弓貴にいたときから七の姫と夫婦だったこと、すでに子供がいることを打ち明けた。父親は、烈火のごとく怒った。おまえは親を脅しただけでなく、騙《だま》していたのかと怒り狂い、逃げ出すためでなく、ただやみくもに暴れるようになった。それが落ち着いてからも、ソナンに口をきかなくなり、七の姫に対しても、それまでは仏頂面《ぶっちょうづら》で無視をきめこむだけだったのが、罵《ば》言《げん》を浴びせるようになった。

ナナはそれでも、かいがいしく舅《しゅうと》に仕えようとするのをやめなかった。護衛が食事を運ぶときには、できるだけ同行して、トコシュヌコの言葉で穏やかに話しかけ、何を言われても柔らかな笑顔を返し、船旅の不自由を詫び、中央世界に帰りたいとの要望にこたえられないことを詫び、ふたりがとっくに夫婦だったことをあちらで秘密にしていた非を、繰り返し謝罪した。

父がどんなに頑固でも、彼女の穏やかさに触れつづければ、いつかはほだされ、おとなしくなるとソナンは信じているのだが、それにはまだ時間がかかるようだ。騒動に慣れたはずの身兵が、いまさら青くなるような何を、父はしでかしたのだろう。うんざりしながら「今度は、何だ」と尋ねたのだが、身兵の返した言葉に、ソナンの顔も青くなった。

「お父上が、代王様を……、ご令室様を……」

「七の姫を、どうしたのだ」

「人質になさいました」

父の手に握られているのは、金属の串《くし》だった。

そういえば七の姫は、船の厨房《ちゅうぼう》の限られた材料で、義父の口に合う料理を作ろうと奮闘していた。最近は、魚を串刺しして炙《あぶ》り焼きにするトコシュヌコ料理を、盛り付けまで再現しようとがんばっていた。この料理は竹の串を使うのだが、船の厨房になかったのだろう。何かで代用したのか、削ってこしらえたのか、とにかくそれが利用されてしまったようだ。玻璃《はり》や陶器、角材など、武器になりそうなものが手に渡らないよう注意していた護衛の目も、魚の腹の中には及ばなかったのだろう。

船室の中央に立つ父は、左手と右上腕を使って七の姫をがっちり抱え、右手に握った串の先を、彼女の喉《のど》に突きつけていた。身動きのとれない七の姫は、顎《あご》を少しのけぞらせて、困ったような顔をしていたが、こんな場としては天晴《あっぱ》れなほど落ち着いていた。それでもたまらず部屋に駆け込もうとしたソナンを、身兵が手を差し出して遮《さえぎ》った。

「これ以上近寄ったら、代王様の命はないと、ご尊父様はおっしゃっています」

それで護衛らは、部屋の出入り口を遠巻きにして、手をつかねているのか。ひとりだけ、戸口のすぐ脇《わき》の壁に背中を張り付け、息をひそめて、部屋に飛び込む隙をうかがっているが、父に油断の気配はない。

「何をなさろうというのです」

憤《いきどお》りに乱れる息をととのえてから、ソナンは父に話しかけた。七の姫をこの人に近づけるのではなかったという後悔が、きりきりと胃の腑《ふ》を絞る。

父は、覚悟の定まった顔をしていた。無抵抗の婦人を突き殺すという、トコシュヌコの貴族にあるまじきおこないに、躊躇《ちゅうちょ》を感じることはなさそうだ。

「船を戻せ」

「トコシュヌコまで、引き返せとおっしゃるのですか」

「そうだ」

「ここまで来て、それは無理です。水も食料も足りません」

「嘘《うそ》をつけ。こうした船は、航路に必要な量の二倍は積んでいるものだ。アマネソウもあるはずだ」

「急な船出だったので、そんなには積めなかったのです」

「おまえの口は、開くたびに偽りが飛び出すのだな。水が足りなくてもかまわない。船を戻せ。いますぐに」

「どうか、いま少し冷静になって、考えてみてください。すぐに船の向きを変えても、中央世界までは、順調にいって二十日以上の旅路になります。途中で嵐《あらし》もくぐり抜けなければなりません。その間ずっとそうやって、私の妻を人質にしておくことは、できないのではありませんか」

「できるか、できないか、やってみなければわからない。いいから、船を戻せ。いますぐに。でないと」

父の右手が鋭く動いて、七の姫の喉を突き刺すしぐさをした。串の先がナナの肌に触れる寸前で、その動きは止まったが、ソナンはぞっとして、裏返った声で叫んでいた。

「わかりました。引き返します」

父が、にたりと笑った。

ソナンは弓貴の言葉で、傍らに控える身兵に、操舵室への命令を伝えた。すかさず父が注文をつける。

「その男は、我々の言葉がわかるはずだ。もう一度、同じことを言え」

ソナンは大きく息を吐いてから、トコシュヌコ語で命じなおした。

「船を操る者に伝えよ。船の向きを変えて、中央世界に向かって進めと」

とりあえず、父の言うとおりにしたうえで、七の姫をどうやって救い出すかを考えるしかない。父は本気だ。そして、海に飛び込もうとしたほど、やぶれかぶれだ。いつ命を失ってもいいと思っている人間に、人質を唯一《ゆいいつ》の切り札として大切にすることは期待できない。

そもそも、成功の見込みのない試みなのだ。単独で、一人の人質だけを盾にとり、外海の長旅を強いつづけられるわけがない。もしかしたら父の望みは、口実を見つけて七の姫を殺害し、怒り狂ったソナンの手で命を絶たれることなのかもしれない。へたな刺激をしないように、すべてに慎重にあたらねば。

命令を聞いた身兵が、悔しそうな顔のまま、一礼をして背を向けた。そちらに視線をとられて、父と七の姫から目をはなした刹那《せつな》、室内に動きが生じた。

視線を戻すと、七の姫が父の右手をひねりあげていた。自分の目が信じられず、大きく瞬《まばた》きをする間に、ナナはくるりと回転しながら父の手を逃れ、部屋を飛び出し、戸口の脇にいた護衛の横に走り込んだ。

情けないことに、直後にソナンの心を占めたのは、ナナが助かったことへの安堵《あんど》ではなく、この護衛への妬心《としん》だった。どうして自分のもとにまっすぐ来ずに、こんな男を頼ったのか。

理由は、聞くまでもない。この護衛が、もっとも近くにいたからだ。つまりは、もっとも理にかなった、身を守るのに当然のおこないをしただけなのだ。それがわかっていても、ソナンの胸は苦しくなり、この護衛の顔を当分は直視することができなかった。

「私も、六樽《むたる》様のお城に生まれた者として、武術の心得はございます」

後始末がすみ――しかたがないので、父はしばらく縛っておくことにした――夫婦の船室に落ち着いてから、七の姫に、どうやって父の手を逃れたのか聞いてみた。

「そうなのか。知らなかった」

絶望的な籠城《ろうじょう》をしていた砦《とりで》でも、女性たちは針仕事にいそしんで、誰一人、鎧《よろい》を着ることはなかった。弓貴で女性の貴人が深い教養を身につけているのは知っていたが、武術の心得があるというのは初耳だ。

「武術と申しましても、女の身ですから、自らを守るための技《わざ》のみですが、まさにあのように、命を盾にとられたときにどうするかを、幼い頃から学んでいました」

「そうだったのか」

高貴な身分の女性や子供は、争い事で人質にとられやすい。だから護身術をしっかり教えておくというのは、いかにも弓貴らしいやり方だ。

「それにしても、見事であった」

ナナは、はにかみながら微笑《ほほえ》んだ。

「お誉《ほ》めいただき、ありがとうございます。ほんとうは、あんなに時をかけてはいけなかったのですが、さすがは床臣五《トコシンゴ》の誉れ高き大将軍でいらっしゃいます。まったく隙がありませんでした。空人様が来てくださって、お話を始められたら、あるいはと思っていたところ、使者の背を目で追われたときに、ようやく」

「そうか。だからあんなに落ち着いていたのだな。とにかく、おまえが無事でよかった。船旅のあいだは、もう、あの人に近づいてはいけないよ」

父親の懐柔は、ひとまずあきらめたほうがよさそうだ。輪笏《わしゃく》に腰を落ち着けてから、じっくり取り組むことにして、それまでは、これ以上騒ぎを起こされないよう、見張ることに専念しようとソナンは思った。

とはいえ、父の抵抗に煩《わずら》わされるのは、実はありがたいことだった。この船旅が、やることのない平穏なものだったら、きっとソナンは、置き去りにしてきた物事について、くよくよと考えてしまっていただろう。王宮を襲うだけ襲って逃げ出した、あの決断は正しかったのか。ほかにやりようはなかったのか。サクハらの試みは、うまく推移しているのか。捕えられた王族は、これからどうなるのか。知り合いの貴族たちは、ひどい目にあっていないだろうか。ヨナルアは無事でいるのか。

そんな心配をするにつけ、父親だけを連れてあの国を後にしたのは、とんでもなく卑怯《ひきょう》なことだと己を責めて、煩悶《はんもん》していたことだろう。父にやきもきさせられることで、悩む暇がなくなって、結果的に助かった。

そうしているうち、中央世界は嵐の向こうのはるかに遠い土地となり、海の風にも弓貴を近くに感じるようになってきた。するともう、父がおとなしくしていても、ソナンの胸に煩悶の入り込む余地がなくなった。

帰れるのだ、あの国に。もう二度と踏むことができないと思っていた土地に足を下ろせるのだ。あの乾いた風を頬に浴び、あの広々とした大地をながめ、結六花豆《ゆむか》の花が咲き誇る風景に見入ることができるのだ。

その喜びが、心に満ちた。

かつてあの地にいたときには、忙しすぎて、急ぎすぎて、時間が飛ぶように過ぎていった。妻に護身術の心得があることを知らなかったほど、夫婦の語らいが乏しかった。今度こそ、すべてにじっくりと取り組もう。あの国のこと、輪笏のこと、人々のこと、妻のことを、もっとしっかり知っていこう。息子とも、出会いなおして、親子の絆《きずな》を結んでいこう。

そんなことを考えていると、泣きたいような、歌いたいような気持ちになり、からだはほかほかと温かくなった。

帰れるのだ。もうすぐ。

やがて陸地が望めるようになると、ソナンの胸は、喜びと待ち遠しさではちきれんばかりになった。

ところが――。

ソナンは、船縁《ふなべり》をぎゅっとつかんで、弓貴の大地を見つめていた。澄んだ青空を背景にして、赤茶けた丘がはるか先までつづいている。その手前のほうに、ぽつりぽつりと石造りの家。さらに手前に倉の目立つ町。そして、港。

波止場を歩く人々の髷《まげ》の形が見てとれるほど、港は近いところにあった。それなのに、手を触れることも、足で踏むこともかなわない。船は弓貴の港に着いたのに、ソナンだけ、下船が許されなかったのだ。

七の姫は、ソナンが上陸できないと知ると、見たことのないほど険しい顔で港の役人と口論したが、六樽様に直《じか》談判するしかないとわかり、眦《まなじり》を決して都に向かった。代王である彼女はいずれにしても、速やかに都に赴き、帰国のいきさつを報告しなければならなかった。

ひとり残されたソナンは、もう十日、こうして船縁をつかんでいる。顔見知りはみな船を下りてしまい、交代で乗り込んだ船守りたちは、ソナンに不信のまなざしを向けて、親しもうとしなかった。トコシュヌコからの長旅を共にした人間で残っているのは父だけだが、その船室に足を運んでも、ソナンの憔悴《しょうすい》した顔を見てせせら笑うばかりだ。

いったいあとどのくらい、こうしていなければならないのかと、真下を向いて、海面を見た。あそこにざぶんと飛び込めば、岸までそんなに遠くない。

けれどもソナンは泳げなかった。それに、岸にたどりつけたとしても、弓貴の役人に捕えられ、船に送り返されるだけだろう。いまは、待っているしかない。

きっと港の役人が、なにか勘違いをしているのだ。七の姫から話を聞けば六樽様は、輪笏の督を早く都に案内しろと伝令を出されるに決まっている。

そう自らに言い聞かせてきたのだが、だったらどうして、こんなに長く待たされるのだろう。

その日何度目かの深いため息をついて、顔を上げると、赤茶けた丘にのびる坂道を、三頭の馬が走っているのに気がついた。使者だろうか。

目をこらして動きを追うと、三頭は、ときどき山陰に消えつつも、丘を下って町のあたりで見えなくなった。では、ただの旅人だったのか。

あきらめきれずに、町の出入り口や、中心部の開けて見えやすい場所をきょろきょろした。見開きすぎて乾いた目がひりひりと痛みだしたころ、町の通りを並んで進む、馬に乗った三人を見つけた。徒歩の役人をともなっている。一行は港に向かい、到着すると、波止場に小船の準備がされた。やっぱり、使者だ。

港から小船に乗ってやってきたのは、七の姫について都に行った身兵だった。

「良いご報告をお持ちできなかったことを、お詫びいたします」

身兵はまず、深々と頭を下げた。

「どういうことだ。私が上陸してはいけないというご命令を、撤回していただくことはできなかったのか」

「はい、残念ながら。六樽様は、空人様に対して、たいそう怒っていらっしゃいまして、七の姫様の嘆願にも、耳をかしてくださいません」

「しかし、六樽様は、私を督のままでいさせるよう、お命じになったのではなかったか。督ならば、輪笏に戻れて当然だと思うのだが」

「それが、そのご判断からして、いくぶん怒っていらっしゃったためだったようです。もう、あの者の名前は聞きたくない。督の位から排除する手続きも取りたくない。そういうことだったようです」

「そんなに前から、六樽様は怒っていらっしゃったのか」

輪笏の代替わりをお認めにならなかったのは、空人を督のままでいさせるためでなく、ただ関わりをもちたくなかったからだったとは。

「はい。しかも、このたびお怒りの度合いが、〈いくぶん〉から〈たいそう〉にまで上がってしまい、弓貴への上陸をお禁じになったばかりか、督だけでなく、六樽様の直臣《じきしん》からも廃すると口にしておられます」

「直臣は、生涯の契《ちぎ》りのはずだ。廃したりできないのだと思っていたが」

「はい、おっしゃるとおりでございます。ですから七の姫様も我々も、途方に暮れておりまして、とりあえず、姫様は六樽様への嘆願を続け、輪笏に相談の使者を出し、私は、取り急ぎここまでの次第をご報告に戻ることになったのです」

「そうか。ご苦労」

心のこもらないねぎらいとなった。こんな知らせなら、何も聞かずにいたほうがましだった。

「このような知らせをお届けして、すぐにお側を離れるのは心苦しいのですが、私は、公式には代王様の供まわりですから、早急に都に戻らなければなりません。申し訳ありませんが、これで失礼いたします。けれども、どうか、お気を強くもってお待ちください。追ってまた、輪笏の城のほうからも、何らかの知らせが届くでしょう」

そう言い残して身兵は、早くも小船に下りる縄梯子《なわばしご》に手をかけた。

「ご苦労だった」

今度は、心からの言葉となった。

「外海の長旅のすぐあとで、陸を急いで行き来させることになって、すまなかった。都に着いたら、しっかりとからだを休めてくれ。あ、でも、七の姫を、どうか支えてやってくれ」

自分でも何を言っているのかわからなくなったが、身兵は、目を細めた笑顔になって、「かしこまりました」と頭を下げた。

使者へのねぎらいを、心をこめて言いなおしたのがよかったのか、輪笏の城からの使いの者は、それからわずか二日でやってきた。しかも、縄梯子をへっぴり腰でよたよたと登り、青い顔をして甲板に上がってきたのは、陪臣の石人《いしんど》だった。

ソナンは思わずそのからだを抱きしめた。すがりついたと言ったほうがいいかもしれない。これでもう、一人ではない。この知恵者が来たからには、きっと何とかしてくれる。もうだいじょうぶだという安心感に泣きたくなった。さまざまな出来事を経て、ふたたび会えたことが嬉《うれ》しくもあった。

ところが、たちまち石人に押し退《の》けられた。

「なんと、みっともないことをなさいます。六樽様がどうおっしゃられようと、ご主人様はまだ、輪笏の督でいらっしゃるのでございますよ。慎みのあるふるまいをなさってください」

ああ、懐《なつ》かしい説教が始まった。きっと長くなるぞと思ったが、予期に反して石人は、そこではたりと口を閉ざした。見れば、口元を手で押さえている。そのまくりと船縁にからだを向けると、海に半分身を乗り出して、嘔吐《おうと》した。都育ちの石人にとって、小船と縄梯子だけでも、胃の腑がよじれる体験だったらしい。

横になって休めと言うと、石人は頑固に首を振った。こんなにぐらぐらする床の上では、横になったらかえって気持ちが悪くなりますと、まるで船のかすかな揺らぎがソナンのせいであるかのように口を尖《とが》らせた。

「だいたい、そんなのんきなことをおっしゃっている場合ではありません。ご主人様は、窮地に立たされておられるのですよ。まあ、今に始まったことではありませんが、これまでとくらべて、勝るとも劣らない窮地です。何が問題なのか、わかっておいででございますね」

「うん、わかっている。六樽様が、私に対してたいそう怒っておられることだ。しかし、どうしてなのかが、わからない。それに、私は船を下りられない。直接お尋ねすることも、お詫びすることもできない。いったい、どうしたらいいんだろう」

ここ数年の、石人も知らない何度もの窮地で、彼は悩み、苦しみ、自問してきた。いったい私は、どうしたらいいんだと。それが今は、この問いを投げかける相手がいる。なんとありがたいことだろう。石人ならばきっと、確かな答えをもっている。

石人は、期待を裏切ることなく、さらりと言った。

「都においでになることができないのであれば、書状で訴えるしかありません。不快な思いをさせたことをあらんかぎりの言葉で謝罪して、釈明するため参上したい、落ち度があれば目の前でお詫びしたいとお伝えするお手紙を、ご主人様御自らがお書きになればいいのです」

「しかし、そんな複雑な手紙が、私に書けるだろうか」

「無理でしょうね、おひとりでは。ですから私が、ここまで出向いてきたのです」

それから一昼夜をかけて、ソナンは書状を完成させた。時々〈汚水落としの穴〉へと走る石人の助言を受けながら、何度も書き直してのことだった。一日で頬がこけた石人は、書状を携え、「私は、生涯、二度と船には乗りません」と、誰に対してだかわからない宣言をして、都に戻っていった。

そしてまた、待つだけの日々。長い長い十一日間が過ぎてようやく、都に赴くお許しが出た。六樽様にお会いして、釈明する機会がもてることになったのだ。

ただし、輪笏の督の空人でなく、床臣五のソナンとして船を下りねばならなかった。髪は染めずに髷にも結わず、服装も床臣五のものでと指定されたが、ソナンは血塗《ちまみ》れの軍服をあちらの港で脱ぎ捨てて、ほかには何も持ち込まなかった。父親の服を借りようにも、体格が違いすぎる。しかたがないので、船に残されていた、代王の供が向こうで普段使いしていた衣装から、からだに合うものを選んだが、どうしても身分が軽くみえる。六樽様の御前に出るのに、こんな姿はあんまりだと気が滅入《めい》った。

嬉しいことに、都に着くと七の姫が、トコシュヌコの貴族らしい衣装を誂《あつら》えていてくれた。直接顔をあわせることはできなかったが、「見様見真似《みようみまね》でお作りになったものです」と侍女から渡された。よく見ると、少々おかしなところもあったが、弓貴の人間にわかるほどではなさそうだ。そのうえ、こちらの布で出来ているので着心地がいい。心強い援軍を得た気分だった。

さらに、謁見《えっけん》前のわずかな時間、花人《はなんと》、石人、山士《やまんし》に会うことができた。花人とは数年ぶり——顔を確かめる間もなくすれ違ったときを除けば、八年ぶりの再会だったが、三人の陪臣は、当たり前の挨拶《あいさつ》の間を惜しんで、ソナンに六樽様に対する言葉づかいや作法や挙措をおさらいさせた。

おかげで、入室の動作も辞儀も、完璧《かんぺき》にできたと思う。けれども、顔を上げるようにと言われてそうすると、六樽様は、ソナンがとんでもない無作法をしでかしたとでもいうように、眉《まゆ》をひそめていらっしゃった。

しかも、すぐにお人払いをされると、お怒りのほどを覚悟していたソナンにとっても意表外なことをおっしゃった。

「釈明したいということだが、これほど私を裏切っておいて、どんな釈明ができるというのだ」

「裏切り？　誓って、そんなことはしていません。六樽様を裏切るなど、頭の隅をよぎったこともございません。どうして、そんなことをおっしゃるのですか」

動揺のあまり、言葉づかいに気を配れないまま抗弁した。誤解のひどさに、かぎりなく怒りに近い哀《かな》しみをおぼえていたが、言い終えたとき、思い出した。彼のほうから六樽様に、裏切られたと恨み言をぶつけたことがあったのを。

「申し訳ございません。お詫びの言葉もありません。私はかつて、愚かな勘違いから、六樽様に裏切られたと思い込んだことがありました。そのように非難までしてしまいました。そのことは、ほんとうに申し訳ないと思っています」

「いま、そんな話はしていない。だいたいあれは、風鬼《かぜんき》のしわざで、おまえは何も覚えていないのではなかったか」

そうだった。ソナンは唇を噛《か》んでうなだれた。

「あれはすべて、終わったことだ。おまえにばかり非があったわけでもない」

「ありがとうございます。あんなひどいことに対して、それほどまでに広いお心を示してくださったご温情に、深く感謝申し上げます。けれども、その一方で、私が六樽様を裏切ったなどとお考えになるのは、いったいどうしてなのでしょう」

「わからないのか」

「もしも、先頃までの、床臣五で過ごした日々のことをおっしゃっているのなら、私の心は常に弓貴とともにありました。この国に不利になることは、何一つ漏らしませんでした。その証拠に彼らはまだ、鬼絹のことを知らずにいます」

「なるほど、その点についても吟味しなければならないが、それをのぞいても、少なくとも三度、おまえは私を裏切っている」

「心当たりがございません。いったい、何のことをおっしゃっているのでしょう」

「自分の胸に聞いてみよ」

聞いてみた。三つといわず、ある気がしてきた。

「もったいなくも、六樽様の血を分けたお子様である七の姫を妻としながら、身分に合わないたくさんの苦労を背負わせてしまったことでしょうか。そんなつもりはなかったのですが、結果として、そうなってしまいました。鬼絹の増産を急げと命じられたのに、すぐに応じられなかったことでしょうか。そのうえ、じゅうぶんな成果を出せないままに、国を離れることになってしまい、ご期待を裏切ってしまいました。それから、床臣五の使節団の換語士として、こちらを訪れたとき、宿舎を離れて輪笏に戻り、あまつさえ、街道を通らずに領境を越えて、隣の洞楠《ほらなん》に赴きました。六樽様のしいておられるご秩序を乱したと言われれば、そのとおりです。ほかには――」

「もういい、黙れ」

六樽様は、うんざりしたお顔でさえぎられた。

「わざとささいなことを述べ立てて、私を煙《けむ》にまこうというのか」

「いいえ、そんなつもりはありません。ご気分を害してしまったのなら、お詫び申し上げます」

「すべて計算ずくなのか、まったく何も考えていないのか。どちらにしても、八の丞《じょう》が言っていたとおりだな。おまえは、やっかいな男だ」

「申し訳ありません」

「では、三つのうちの最も軽い裏切りを教えてやる。釈明できるものなら、してみるがいい」

「はい」と答えてソナンは、ごくりと唾《つば》を飲み込んだ。

「換語士として床臣五行きを命じたとき、彼《か》の国の出であることを、おまえは私に言わなかった」

「それは」確かに、釈明のしようのないことだ。「過《あやま》ちの多い私の人生で、最も後悔していることのひとつでございます」

だが、これだけでは、裏切りを認めたことになってしまう。せめて、あのときの心のうちをご説明しなければと、ひるむ心に鞭《むち》打って、ソナンはふたたび口を開いた。

「あちらで何度も、自問しました。どうしてあのとき、打ち明けなかったのかと。そうするべきでした。悔やんでも悔やみきれません。あとから気づいたことですが、私の心の弱さが、当然にすべきことを妨げたのです。私は、あの国のソナンなどという人物だったことを、忘れていたかった。空人のままでいたかったのです。誰にも何も言わずにいれば、なかったことにできる。あちらに行っても気づかれることなく、帰ってこられる。弱さゆえに私は、心の奥の自分にも見えない場所で、そんなふうに考えていたのだと思います」

「なるほど、それは、正衣《まさごろも》を着る者にあるまじき怯懦《きょうだ》だな」

「申し訳ありません。消え入りたいほど恥ずかしく思っております」

ソナンは、額を床にすりつけた。

「同時に、私に対する裏切りだ」

トコシュヌコの真冬の北風のようなお声だった。顔を上げると六樽様は、声と同じくらい冷たい目をしておられた。

「おまえが床臣五の生まれだとわかっていたら、使節団の者たちは、未知の国へと旅する不安をどれだけ和らげられただろう。風習や作法について尋ねることができ、交渉での助言も請《こ》えた。おまえは、あの使節団の重要性を知っていながら、貴重な知識の数々を封印した」

「それは、おっしゃるとおりでございます。おっしゃるとおりなのですが」

平伏してから逡巡《しゅんじゅん》した。さっきから自分は、言い訳ばかり口にしている。これ以上、醜態をさらしたくない。だが、理屈を大切にする弓貴では、とことん説明するのは悪いことではない。むしろ求められている。裏切りなどというとんでもない非難を前に、口を閉ざしているわけにはいかない。

「すべてを封印したわけではありません。船の上で、文字の読み書きができることを打ち明けて、学びたい者に教えました。また、あちらで何度か、出自を話して助言をすべきかと悩んだこともありましたが、生まれた国のこととはいえ、私の知識は狭く、浅いものでした。あちらでは異国人も自由に町を歩くことができ、使節団には、調べたいことを調べるだけの時間がありました。私が下手な助言をしないほうが、かえっていいのではと考えて……。ああ、でも、打ち明けるのが怖かったのも、やはり事実でございます」

「鷹陸《たかりく》と口裏を合わせたか」

ご質問の意味がわからず、目をぱちくりとしてしまった。あわてて表情を整えたが、六樽様はくいと眉根を寄せられた。それから、長い息を吐いて、なかば独言のようにつぶやかれた。

「鷹陸も、同じことを申していた」

「口裏合わせなど、誓ってしてはおりません。鷹陸の督とは、床臣五の換語士としてこちらに来たとき、束の間《つかま》、言葉を交わしたきりです。それ以外、書状や伝言のやりとりもしていません。それに、鷹陸の督だけでなく、ほかの誰からも、申し開きの内容について助言を受けてはおりません。本日御前に参上する前に、陪臣らと話す機会をもちましたが、礼儀や言葉づかいをあらためて教わっただけです」

「ほんとうか」六樽様は疑わしげに、目を細められた。「直前に、礼儀や言葉づかいを教わったようにはみえないのだが」

「申し訳ありません」と、またもツナンは頭を垂れた。「裏切りというあまりに大きなお疑いを前に、礼儀に気を配ることがじゅうぶんにできなくなっていたかもしれません。数々の失礼、幾重にもお詫び申し上げます」

心の底から謝ることを、わずかな間に繰り返しすぎて、息が上がってきた。だが、話はまだ前哨戦《ぜんしょうせん》だ。それがわかっていたので、六樽様の次のお言葉を聞いたときも、ほっとするよりぞっとした。

「まあ、それはいい。今に始まったことではないからな」

礼を失した言動が許されたわけでなく、それどころではない大きな罪が言い渡されるのだと、肌にぴりぴり感じられた。

「そもそもおまえは最初から、我々を偽った。素性を問われて嘘を言い、私に対して、してはならない誓いをした」

最初とは、空鬼《そらんき》によって砦《とりで》におろされたときのことだろうか。

「嘘など申しておりません。してはならない誓いとは、どういう意味でございましょうか。あのとき私は、心の底から――」

「おまえは、それまでのことを何も覚えていないと言った。名前も、どこから来たのかも」

「それは――」

そんなことを言っただろうか。必死になって敵ではないことを訴えたのは確かだが、具体的な言葉が思い出せなかった。

なにしろ、聞きなれない響きの意味が、頭の中にぽっかり浮かび、こちらからは、言いたいことを絞り出したら、口から奇妙な音が漏れるという、空鬼の魔法を介して話していたのだ。厳密にいえば嘘になってしまうことがあったかもしれない。けれども、何かを誤魔化そうとか偽ろうとかはしていなかったはずだ。

「私は、床臣五の川で溺《おぼ》れて、意識を失いました。気がついたときには、雲の上のようなところにいました。空鬼と思われる者から、好きなところにおろしてやると言われて、たくさんの世界を見せられました。私は、弓貴を、あの砦の中の人々を、六樽様を目にして、ここで生きたいと思いました。ほんとうです」

「空鬼のことは、信じがたい話ではあるが、疑ってはいない。そうとしか考えようのない奇跡を、おまえは数々もたらした。けれどもそれは、虚言の理由にはならぬ」

「私は、新しくこの世に生まれ出た気分だったのです。弓貴は、床臣五とはどんな形でもつながっていない、御伽《おとぎ》の国のように思えていました。だから、おまえは誰だと問われて、誰でもないと答えたように思います。名前も、すでに失ったものと」

すがる思いで見つめる六樽様のお姿が、にじんで揺らいだ。

「どうか、信じてくださいませ。私は鬼神の奇跡にふりまわされて、わけがわからなくなりながらも、懸命に、自分にとって真実と思えることを答えたのです」

六樽様は目を閉じて、息を整えなおすかのように、ゆっくりとお胸を上下させられた。息が乱れるほどの憤りを、ソナンはもたらしてしまったのか。

「虚言についての釈明ばかり聞かされているが、誓いのほうはどうなのだ。おまえは私に、してはならない誓いをした。それはすなわち、偽りの誓いだ」

「主臣の契りのことでしたら、私は心の底からお誓い申し上げました。六樽様のために働き、六樽様のためにこの命を投げ出すとの決意のもとに、教わった作法どおりにふるまって、誠心誠意、お誓い申し上げました。してはならないとか、偽りとか、どうしてそのように思し召《おぼしめ》されるのでしょうか」

「どんな気持ちであろうと、忠誠の誓いを二重になせば、それは偽りであり、裏切りだ」

「二重に……とは、いったい。もしや、まさか、床臣五の剣の誓いのことをおっしゃっているのでしょうか。違います。それはたいへんな誤解です」

「誤解？　はて。私は何を、誤って解しているのだろう」

「失礼な物言いでしたら、お詫びいたします。私が申したかったのは、床臣五のあれは、忠誠の誓いなどではないということです。武門の家に生まれて十四歳になれば、誰でもやらねばならないのです。私は、あの王に仕えたいなどと、欠片《かけら》も思っていませんでした。王の前で剣を捧《ささ》げているときにも、嫌で嫌でしかたがありませんでした」

六樽様は少し閉ざしたまぶたの下から冷たい視線をソナンに向けて、静かな声でおっしゃった。

「ではおまえは、おまえの王を、最初から裏切っていたのだな」

「あの王は、尊敬に価《あたい》しない人物だったのです。国のこと――民のことを顧みず、自分たちばかりが贅沢《ぜいたく》をして、遊び暮らしていたのです」

「それはおまえの考えであり、皆がそう思っていたわけではないのではないか。床臣五の王に対しても、敬意と忠心を抱く者はいたはずだ」

ソナンの脳裏に父の顔が浮かんだ。

「そして私にも、真心から仕えてくれる者がいる一方、香杏《かあん》のような者もまた、いた。

香杏にとって私は、尊敬に価しない主君だったのだろう」

「六樽様、お願いですから、ご自身と、床臣五の王を重ねてお考えになったりしないでください」

「なぜだ。同じく、民を率いる地位にあるではないか」

「でも、違うのです。まったくもって違うのです」

「それはおまえだけの考えだ。民を率いる者に対して、人はさまざまな見方をする。我が都の中にも、私が床臣五と交易を始めたことをもって、国のこと、民のことを考えない傲慢《ごうまん》なやり方だと考えている者がいる。政《まつりごと》においては、異論がつねにあるものなのだ」

「でも、違うのです」

どう違うのか、言葉にできないのがもどかしかった。空鬼の力で、頭の中のこの思いを、そのままお伝えできたらいいのに。

だが、ずるはもう、できないのだ。

「六樽様。鷹陸の督や、八の丞や、あちらに派遣なさった者たちから、お聞きになってはおられませんか。床臣五の王は、あまりにも民をないがしろにしていました」

「それも、おまえの見方にすぎない」

そうなのだろうか。

ソナンは急に不安になった。

「私に対しても、同じ批判をする者がいるかもしれない。また、督の息子に生まれたためにしかたなく、心のこもらない主臣の契りを交わす者も、おそらくいる。おまえがどう思ったかという心のうちは、ここでは問題ではないのだ。おまえは、生涯にわたって忠義を尽くすという誓いを、二重におこなった。それは、床臣五の王と私に対する、重大な裏切りだ」

「私は、そんなつもりは、まったく」

こらえきれずに嗚咽《おえつ》が漏れた。六樽様のおっしゃるとおりだとしたら、〈空人〉の人生は、初めから間違っていたことになる。この土地に彼の居場所はなかったことになってしまう。

「もっとも、そうしたことが起こったのは、空鬼のような鬼神が、人の理《ことわり》をねじまげてしまったためだ。その点を慮《おもんぱか》って、私は怒りを抑えてきた」

そうだ。床臣五の王に対する誓いのことが六樽様のお耳に入ったのは、使節団がソナンを残して帰国したときのことだ。つまり、この〈裏切り〉へのお怒りは、「いささか」程度のものだったのだ。だがいまは、「たいそう」怒っておられるという。

「いまおっしゃった裏切りが、三つのうちの二番目に軽い——すなわち、二番目に重いものだとしたら、最後のひとつは、いったい何なのでございましょう」

声が震え、最後はかすれて、息だけになった。

「ひとつめとふたつめについて、裏切りだと認めたうえで問うているのか」

「いえ、それは……」

涙でかすむ視界を瞬きで晴らし、歯を食いしばって考えた。そんなつもりはなかったが、そうだったのかもしれないという恐怖にひるまず、逃げずに、まっすぐ考えた。

「もしかしたら私は、その資格もないのに、六樽様に忠誠を誓ってしまったのかもしれません。すでに剣を捧げる誓いをしていたからというより、そんな誓いができる、一人前の男ではなかったという意味で。私は、生まれた国で、自らの責務を顧みることのいっさいないまま、十八年以上を過ごしました。不快なことから逃げつづけ、自分が貴族という、弓貴でいうと正衣を着る者の地位に生まれた意味を考えず、その特権だけを受け取って、遊び暮らしていました。そんな愚かな人間には、そもそも六樽様の直臣になる資格など、なかったのかもしれません。けれども」

ソナンは、両手を床につき、肩を低くしたまま、顎を上げて六樽様を見つめた。

「川底の死のようなものをくぐり抜け、私は心を入れ替えたのです。こちらでは、がむしゃらに自分の責務に取り組みました。そう見えなかったかもしれませんが、私なりに精一杯を務めました。拭《ぬぐ》いきれない愚かさから、数々の問題を起こしたりもしましたが、六樽様の治世のために懸命にがんばってきたつもりです。だからこそ、床臣五で素性がばれて捕まって、シュヌア家のソナンとして生きなければならなくなったとき、死にたいほどに辛《つら》い気持ちでございましたが、生まれて初めてあの国で、自らの責務に向き合えました。何もかも放り出して刈里有富《カリリアフ》から逃げ出して、なんとか弓貴に戻りたいという思いが、心にないではなかったのですが、そんなことをしてはいけないと、わかるようにはなっていました」

六樽様は黙ったまま、怖いお顔をされていたが、ソナンは胸のうちを吐露しつづけた。

「武官として、町の治安を守る役目につきました。きつい仕事でしたが、こつこつと日々できるかぎりのことをしました。そのとき私を支えていたのは、六樽様に対する敬慕の念だった気がいたします。自分が生きなければならない土地で、しなければならないことに向き合うこと。それが、六樽様に忠誠を誓った者の務めだと感じていたように思います。ですから、民のために本当にやるべきことが見つかったとき、大変に難しい決断でしたが、逃げずにそれに取り組めました」

六樽様は半眼のまま、石像のようにじっとしておられたが、しばらくして、唇だけがゆっくりと動いた。

「おまえは、どこまで私を怒らせれば気がすむのだ」

「そんなつもりは……」

「おまえが逃げずに取り組んだことというのは、おまえの王に対する叛逆ではないか。忠誠を誓った主君に刃《やいば》を向けた、そのおこないを、私への忠心が後押ししたとほざくのか」

「しかしあれは、床臣五の今後のために、絶対に必要なことだったのです」

「いますぐに、船に戻って、いずくへなりとも立ち去れ。でないと、この場で叩《たた》き斬る。私がおまえに弓貴の地を踏ませたくなかったのは、おまえが逆臣だからだ。忠誠を誓った主《あるじ》に叛旗を翻《ひるがえ》したからだ。それはすなわち、私に対する叛逆であり、裏切りだ」

それが、三つ目の、最も重い裏切りなのか。呆然《ぼうぜん》としてソナンは、しばらく言葉が出なかった。やがて、凍った喉が解けて声を出せるようになったとき、思わず叫んだ。

「違います。絶対に、違います。今度こそ、絶対に」

悔しくて、またも涙が流れた。

「私に対する叱責《しっせき》は、いくらでもお受けします。けれども、六樽様ご自身のお口から出た言葉でも、あの王と六樽様とを重ねるなどということは、ご人格が汚《けが》されるようで、聞いているだけで苦しくなります。違うのです、あの王は」

「何がどう違うのだ」

「民のことを、まったく考えていませんでした。人々を苦しめていました。多くの命が無意味に奪われていました。政の善《よ》し悪《あ》しは、人によって見方が変わるのかもしれません。けれども、あの王は、そもそも政をしていませんでした。しかも、諫言《かんげん》を聞こうとしませんでした。批判を口にする者は、身分の高低にかかわらず逮捕し、処刑し、あるいは暗殺しました。だからもう、物事を変えるには、力によるしかなかったのです。私はその試みに加わることが、床臣五に対する私の義務を果たすことだと考えました。川に飛び込み溺れるまでに重ねてきた、担《にな》うべき仕事をないがしろにしてきた日々を、償う時が来たのだと思いました。命懸けで、祖国のために闘おうと思いました。おそらく私は、その戦闘で命を落とすだろう。けれども、そこまで尽くせば、生まれた国を今度こそ、自分の意志で離れていいのだ。もしも闘いの後に私の命があったなら、弓貴に帰ってもいいのだと。勝手な理屈かもしれません。でも私には、そう思えてならなかったのです。そして、私は死なず、こうして戻ってまいりました」

「叛逆は、どんなに言い繕っても、叛逆だ」

「悪しき君主への抵抗が、叛逆でしょうか」

「君主からみれば、そうだ。おまえは、香杏が私に対しておこなったのと、同じことをやったのだ」

胸をどすんと殴られたみたいに、息が詰まった。

香杏と同じとは、裏切りという言葉以上の、きつい指弾だ。

「違います」

「そう言い切れるほど、おまえは香杏を知っているのか」

「いいえ。香杏について、私は何ひとつ存じません。けれども、六樽様のお城の人々については、よく知っています。誰もが理屈を重んじ、私情を排して物事を考えようとしています。そうとばかりは言えない人も、なかにはいますが、床臣五にくらべたら、ずっと理屈を通します。その結果、地位が低い者も上位者へ、堂々と意見します。高位の者は、批判や異論にしっかり耳を傾けます。弓貴はそういうところなのですから、香杏は、六樽様の政に異論があれば、言葉でぶつければよかったのです」

「香杏はまず、言葉でぶつけた。私はそれを、よしとしなかった」

小謁見室に沈黙が落ちた。はるかに遠い外庭で風の通り過ぎる音が聞こえた。

「どうした。釈明はそこまでか」

「香杏は、民のことを考えたのではありません。支配欲から兵を挙げたのです」

みんなはそう言っていた。だから絶対に、ソナンと香杏のしたことは違う。

「その支配欲の源が、私の政に満足できなかったことだとしたら、香杏の挙兵と、おまえのやったことと、どこが違うのだ」

「それは……」

「仮に、おまえがまた私に仕えることになったとして、私が年を取っていま以上に気むずかしくなり、家臣の言葉に耳を傾けなくなったら、おまえは私に刃を向けるのか」

「それだけは、ありえません。絶対に」

「では、おまえは私が民を苦しめていると思ったら、どうするのか」

その答えなら、はっきりしていた。

「お諫《いさ》め申し上げます」

「私が耳を貸さなかったら」

「それでも、お諫め申し上げます。あるいは、六樽様のなさることに間違いはないかと存じますから、私の勘違いかもしれません。どうしてそのようなことをなさるのか、理由をお尋ねいたします」

「その問いに答えず、同じことをつづけたら」

「それでも、お尋ねし、お諫めします。それ以上しゃべったら手打ちにすると言われても、お尋ねし、お諫めします。命あるかぎり」

「私が訊《き》いているのは、おまえが国のため、民のために正しいと信じることと、忠誠を誓った主君と、ふたつにひとつを選ばなければならないとしたら、どちらを選ぶのかということだ」

「そのふたつは、同じことでございます」

「それは詭弁《きべん》だ」

「六樽様に関するかぎり、そのふたつは同じことでございます」

「今度は阿諛《あゆ》か」

「いいえ。私には、国のこと、民のことをお考えにならない六樽様など、仮にも思い浮かべることができません。だから、万が一にも、お考え違いから民を苦しめることをなさったとしたら、命のかぎり、お諫めしつづけること以外、私のなすべきことはございません」

「床臣五の王に対して、それはできなかったのか」

「はい。先にも申し上げた通り、いっさい耳を傾けていただけないことは、真昼の太陽よりもはっきりしていました。けれども、それだけではありません。六樽様がおっしゃるとおり、私は二重に忠誠を誓ってしまったのかもしれません。けれども、心からお誓いした相手は、六樽様だけでございます。私には、あの王のために命を棄《す》てることは、できませんでした」

「それを私は裏切りと呼ぶ」

だとしたら、最初からここに、ソナンの居場所はなかったのだ。空人などという者は、砂上の楼閣だったのだ。

「はい。六樽様がそうおっしゃるのなら、そうなのでございましょう。これ以上、釈明はいたしません。あらんかぎりの忠心と命を捧げたお方の言葉に従います。この罪、死をもって償うべきとおっしゃるのなら、いつでも自害いたします。そんな死は許さないと思し召しなら、斬首《ざんしゅ》でも、火あぶりでも、なんでもかまいません。ただ、ひとつだけお願いがございます」

「おまえはまた、最もふさわしくない場で、願い事をしようというのか」

「無礼で見苦しいことだと承知しております。けれどもどうか、お願いします。私の罪へのおとがめは、私だけにとどめてください。七の姫や空大《そらんた》、輪笏に及ぼさないでください」

「もともとそのつもりだ」

「ありがとうございます。寛大なご処置に、幾重にも感謝申し上げます。それから、いまだ船の上にいる、その意に反してここまで連れてきた私の父を、七の姫に引き渡し、輪笏に住めるようにしてください。彼女は、どうすればいいか知っています。それから」

「願いはひとつではなかったのか」

「はい。申し訳ありません」

しばらくソナンは、自らの荒い呼吸の音だけを聞いていた。やがてそれがおさまると、心もいっしょに鎮《しず》まった。衝動にかられて気がかりを口走ったが、どうやら聞き届けていただけたようだ。これでもう、思い残すことはない。

自分が最初から六樽様を裏切っていたのか、空人としての人生は、すべてまやかしだったのか、トコシュヌコでのおこないは、六樽様への背信なのか。

それらはすべて、どちらでもかまわないような気がしてきた。彼はただ、空鬼に命を救われてから今日まで、生き抜いた。その生き様に、悔いはない。

彼の中から、動揺や恐れ、六樽様に忠心をわかってほしいという欲が消え、ソナンとか空人といった名前も意味をなさないものとなった。しんとした心に残ったものは、ただひとつ——。

「まあ、いい。このままいなくなられては、あれはなんだったのかと気にかかる。口にしかけた願い、言うだけ言ってみよ」

「はい、寛大なお心に感謝申し上げます。空鬼によってこの地におりたったとき、私は長く生きられると思っていませんでした。空鬼がそう言ったからです。砦の人たちとともに飢えて死ぬことにならないよう、光の矢を放つ不思議な筒をくれましたが、それでも、『あっというまの人生だ』と。その命を六樽様に捧げてから今日までの十一年ほどの歳月は、空鬼のような鬼神の目にはごく短いものだったかもしれません。けれども私には、長く幸福な日々でした。苦しいときも、一人のときも、心の中に弓貴が——六樽様のお治めになる地があったからです。こうしてこの地をふたたび踏み、六樽様の御前に控えることができ、もはやなんの心残りもないのですが、あとひとつだけ申し上げてよろしければ、お願いがございます。私はこの地で生き、この地で死ぬために、人の世の理《ことわり》を超えてやってきました。ですから私の屍《しかばね》は、弓貴に、できれば輪笏に葬《ほうむ》ってください。赤が原の土に埋めてください」

そう述べた彼の心に残っていたのは、弓貴の、どこまでも青く澄んだ空だけだった。

だから、彼の墓は輪笏にある。

願ったとおり赤が原に埋められて、上には塚が築かれた。やがて、かつての督の空人を慕う人々が、塚に登って彼を偲《しの》ぶようになった。故人を覆《おお》う土石に足をのせることは、弓貴の人々にとって禁忌ではなかったのだ。

そもそも弓貴に、亡骸《なきがら》を地面に埋める風習はない。そのため、禁忌や作法も存在せず、人々はただ自然にふるまったのだ。

空気の乾いたこの地では、人は死ぬと白骨になるまで風に晒《さら》される。年に一度、督領ごとに、骨を集めて遠い山脈まで運び、万年雪に覆われた山肌にある洞窟《どうくつ》に安置する。それが弓貴の埋葬のあり方だったから、墓参りという概念も、この地には存在しなかった。

雪の山に納められた先祖たちは、そこで水の源を守ってくれる。人が生きるために必要不可欠な川の水、池から生じる湧水《わきみず》は、先祖たちそのものだ。そう考える人々の、水の恵みに対する祈りは、先祖に対する祈りでもあった。

そうしたことは、弓貴の人間にとってあまりに当たり前だったから、誰もわざわざ空人に教えはしなかった。戦のときには、風葬の場に遺体を送る行事などは省略されたし、輪笏でも、死や亡骸にまつわることはみだりに口にしてはいけないから、例年通りの骨送りについて、事前にも事後にも督に報告されることはなく、空人は空人で、領内に墓地がないことに気づかなかった。輪笏の広大な荒れ地に存する風葬の場は、地図に記されておらず、あれだけあちこちを駆け回った空人も通りがかりはしなかった。また彼は、輪笏で身近な死を経験しなかったので、葬儀の次第を知る機会がなかった。そのうえ忙しすぎて、弓貴の暮らしのすべてを知り尽くすことができなかった。その結果、どれだけ突拍子もないことか気づかないまま口にした願いは、六樽様の許しがすなわちご命令となり、実現されることになったのだ。

塚は、赤が原の端にあった。その先にある茶色い荒れ地とを分ける、低い丘のすぐ脇に、丘より高くそびえており、上に登れば、丘を貫く丸い穴と、その前後に伸びる青い水路がよく見えた。故人が督だったときに起こった奇跡の場ほど、亡骸を埋めるのにふさわしい場所はないと、誰もが考えたのだ。詣《もう》でる人がひとつかみずつ小石を持って登ったので、塚はしだいに高くなり、奇跡の穴だけでなく、周囲の風景を愛でることができるようになった。登りやすいよう階段がつくられ、輪笏の外からもたくさんの人が訪れ、やがてはふもとに茶店が建つまでになったのだが、それはずっと後の時代、人々が領境を越えて自由に旅ができる世になってからのことである。

その前の、やってくるのは輪笏の民だけながら、塚の上で空人を偲ぶ姿が、日々幾人もみられることが当たり前になったころ、奇跡の穴の出口あたりは、丘の土が払われて、岩がむきだしになっていた。その岩に、どこからかやってきた痩《や》せた男が取り付いて、日がな一日、鑿《のみ》をふるいはじめた。半裸で蓬髪《ほうはつ》の修行者のような人物だったので、誰も邪魔立てしないまま時が過ぎ、男はいつしか風景の一部になった。

男の鑿は、異国産のものなのだろう、硬い岩肌に、少しずつ模様のようなものが刻まれていった。修行者のような男が高価な鑿を持っているのはおかしなことだが、そのころには、六樽様のお城で管理されるほど貴重なものではなくなっていたので、輪笏の人たちは気にとめなかった。男は、話しかけられても返事をせず、施しも受けず、いつ、どこで眠り、何を食べているのかわからなかったが、そうした不思議も、奇跡の穴の近くには、似つかわしいように思われた。

月がめぐり、またまめぐり、模様は少しずつ大きくなった。

穏やかな時代だった。水路を流れるのは、もはや隣の督領からの貰《もら》い水でなく、茅《かや》羽《ば》山のふもとの地下水脈から汲《く》み上げられたものだった。赤が原に広がる畑は、できた当初の三倍ほどにもなっていた。それでもまだ、川が二本しかない輪笏は、豊かとはいえなかったが、いくつもの村で鬼絹をつくっているため、かつてのように貧しくもなかった。

弓貴は、新しい王がどうにかこうにか治めている床臣五との交易をつづけ、独力で大きな船が造れるほど、刈里有富の技術や学問を自家薬籠中《じかやくろうちゅう》のものとしていた。香杏以後、国が乱れたことは一度もなく、あちこちに代王を派遣して有力な国とうまくつきあい、異国から侵攻されるおそれなく過ごしていた。各地で新しく水場を得られたこともあり、どの督領でも人々の暮らしに余裕が生まれて、物見遊山《ものみゆさん》で領内を旅する者が多くなった。輪笏においては、空人の塚が人気の行き先のひとつだった。

ある日のこと、岩に張り付くようにして鑿をふるう男の姿が消えていた。では、模様は完成したのかと、塚の上に集った人たちは話しあった。初めてここを訪れる者も、男のことは聞いていて、その様子を見るのを楽しみにしていたのだ。

「いったい何の模様だろう」

一人が目の上に手庇《てびさし》をつくって、鑿に刻まれた岩肌をながめた。

「人の顔かな」

別の一人がすかさず答えた。実際、穴の右手に彫られているのは、正面を向いた男の顔のようだった。さらにその右手に、波のように長く続く模様があり、たった一人でよくぞこれだけ彫ったものだと感心された。

「空人様のお顔だろうか」

「そうだろう。ほかに誰を彫るというんだ」

「あまり似てはいないようだな」

「硬い岩に、あれだけ大きな模様を彫るんだ。人の顔に見えるだけ、上出来ってもんだ」

見知らぬ同士があれこれと話をするのは、塚の上のいつもの情景だった。かつての督の空人様に関しては、どこの村にも逸話が残されており、話の種は尽きなかった。うちの村には、馬で突然走ってこられて、水を一口所望された。そして、こんな不思議なことをお尋ねになった。こんなお優しい言葉をくださった。こんな突飛なことをなさった。

なかには、にわかには信じがたいような奇妙な逸話もあったが、あの方に関しては何が起こっても不思議はないと、輪笏の民は思っていた。

　水の流れのように透明で、月光のように白く輝く髪をもつ、空人様の父君についても、いくつかの村に話が残っていた。生涯お城の一室に住んでおられたのだが、二度ほど抜け出されて、輪笏の民が総出で捜すことになったのだ。また、城勤めしたことのある者は、父君のために刈里有富から運んでこられた珍しい寝台や飾り物について、村の仲間に話しており、塚の上でもよく話題にのぼった。

「何を言ってるんだい。あれは、空人様のお顔にそっくりだよ。あの方は、ああいうお顔をされていたよ」

　髪の白い老婆《ろうば》が、さも知ったように主張した。この老婆の年齢ならば、前の督を見知っていても不思議はないが。

「だけど、空大様とよく似たお顔立ちなんだろう。どう考えても、あれは違う」

　そう反論した若者は、高齢の督しか知らなかったが、顔の輪郭が年齢で変わるはずはない。

「もしかしたら、ご家臣のどなたかかもしれないな」

　道衣《みちごろも》の袖《そで》で額の汗をぬぐいながら、中年男が陽気に言った。

　塚の上の会話は、正解を追う議論ではない。伝説と逸話に彩《いろど》られた、輪笏の民がいまでも大いに慕う人物を、偲ぶためのものなのだ。人々は、岩に彫られた顔をながめながら、かつての督の家臣として著名な人物の名を挙げて、その人物にまつわる話を語り合った。

いずれもすでに故人となり、その骨は遠い雪山に運ばれている。

督の夫人もまた、風葬ののち、雪山に葬られた。刈里有富から戻り、六樽様に赦《ゆる》されて、輪笏の督としてふたたび活躍した夫よりも、七の姫は一年だけ長生きをした。彼女の死期に、すでに塚は築かれていたが、土の中に永遠に埋めてしまうという葬り方は、空人のような特別な存在にしかおこなわれなかったのだ。

仲睦《むつ》まじかった夫婦を死してのち、引き離したという考え方も、弓貴には存在しない。雪山から流れてきた水は、人の住む場所をあまねく潤《うるお》す。この塚のすぐ脇にも、青く輝く水路がある。だからふたりは、離れ離れなどではないのだ。

日が西に傾いた。そろそろ塚をおりなくてはと人々は、奇跡の穴に名残りの視線を向けた。

そのとき、陽光が甜《てん》の実のような朱色に変わった。同時に、奇跡の穴に頬を寄せて塚を見上げる巨大な顔が輝き、その横に長くのびる模様が、黒い影と朱《あか》く輝く線や面とに染め分けられて、くっきりとした。すると、それが波ではないとわかった。髪だった。長い長い髪の毛だった。

空人と似ていない顔に目をやって、人々はいっせいにつぶやいた。

「ああ、あれは空鬼《そらんき》だ」

解説

瀧井朝世

「ファンタジーを書くならそこは外せません。個人の動きは国の動きと繫《つな》がっていますから」

夢中になってページをめくりながら、そんな言葉を思い出していた。ずいぶん前の沢村凜さんへのインタビューで、「沢村さんの描くファンタジーは、その国の政治が重要なテーマになっている印象があります」と伝えた際の、ご本人の言葉だ（WEB本の雑誌「作家の読書道」二〇一五年一月掲載）。

文庫書下ろしとして発表された本作「ソナンと空人《そらんと》」は全四巻、四部構成だ。

第一部「王都の落伍者《らくごしゃ》」は、中央世界のトコシュヌコという国で将軍を父に持つ貴族の放蕩《ほうとう》息子、ソナンが、自堕落な生活を送り父親に勘当された上、川に落ちて絶体絶命の危機に。だが気づけば雲の上のような場所におり、不思議な存在（のちにそれは空鬼《そらんき》だと指摘される）から「好きなところにおろしてやる」と言われる。彼が選んだのは敵に攻められ円形の岩場に籠城《ろうじょう》中の陣営。そこに落下したソナンは、空鬼から渡された不思議な筒で彼らの窮地を救い、やがて統治者である六樽《むたる》の直臣となり「空人」という名前を与えられた。そして六樽の娘、七の姫に一目惚《ひとめぼ》れし、ひと悶着《もんちゃく》あった末に結婚。弓貴《ゆんたか》というその国の、輪笏《わしゃく》という地域の督《とく》、いわば監督官に任命される。ちなみにこの第一部でトコシュヌコの王政が十全に機能していないことや王都の治安が悪いこと、さらにはソナンが十四歳で近衛《このえ》隊に入隊した時に国王に忠誠の誓いを立てたことなどが、じつは大きな伏線だったことが後々に分かる。

第二部「鬼絹の姫」は、輪笏が舞台だ。新妻や家臣を連れて意気揚々とやってきた空人ではあったが、この地は決して豊かではなく、財政が厳しいことが判明。彼はお忍びと称して各地域をまわり、大胆な政治&財政改革を開始。小さな村で門外不出の生産方法で作られる質の良い鬼絹を量産するために村との交渉を重ね、各地域に医療者と教育者を増やす制度を作り、隣の領地の池から水を引けるように交渉に乗り出し、さらに傷《いた》みの早い甜《てん》の実を日持ちする菓子にして商品化する計画を立て、その裏で貴重な品々を売り借金もして金策に奔走。そこにはかつての自堕落なソナンの姿はない。ひとつひとつの難題を乗り越えていく姿がなんとも痛快なのだが、第二部の終わりで驚愕《きょうがく》の事実が発覚。空人がソナンとして暮らしていたトコシュヌコが、海の向こうにあると分かるのだ。ファンタジーといえば主人公が現実とは切り離された異世界に行くのが定番でもあるから、元いた国が同じ世界、しかも案外近くに存在するという事実に読者も驚いたのではないか。そして空人は通訳として、二年半ぶりに故郷の国へと向かうことになる。

第三部「運命の逆流」で舞台はトコシュヌコに移る。弓貴の一団と共に故郷に戻ってきた空人だが、かつての友人に正体を見破られて捕まってしまう。実はソナンは重罪を犯した人間として指名手配されていたのだ。もはやこれまでと思われたが裁判の日になって証言者が現れ、無実が証明される。しかし弓貴へ戻ることはおろか、かの国の人間と接触することも禁じられ、ソナンは都市警備隊の一員として働くことに。失望した彼は寡黙《かもく》な男となり淡々と日々をやり過ごすが、そんなある日死んだと思っていた母親に再会。やがて勘当も解かれ、父の暮らす屋敷へと戻る。

第四部「朱《あか》く照る丘」では、父の領地の人びとの暮らしに目を向け、穏便な改善策を図るソナン。王都では外交官的な役割を果たす各国の代王が駐在するようになるが、弓貴から代王としてやってきたのは、なんと、恋しく思っていた妻だ。接触が禁じられているため一計を案じるソナン。さらに、母親の再婚相手のとんでもない謀略を知り――。

生きる意味を見出《みいだ》せなかった青年が異なる世界に行くことで自分を見つめ直し、人間的に成長していく。そんなファンタジーの醍醐味《だいごみ》をたっぷり味わわせてくれる本作。だが、ファンタジーといっても魔法のような存在は空鬼と筒だけだ。それ以外は基本的に、特別な能力を持たない主人公が、無鉄砲さと努力と智恵《ちえ》によって難題をひとつずつ解決していく。金策に奔走する姿などは昨今のご時世、身につまされる人も多いのではないか。また、彼が立ち向かうのは、巨悪のような憎々しい敵ではなく、〝国〟、そして〝政治〟だ。

中世的な世界において王の存在は絶対的なもの。輪笏の督となり権力を手に入れた空人は、立場を悪用することなく、民衆の暮らしの改善のために尽力する。理想的なリーダーだ。問題が起きた時も力で周囲を圧するのでなく、市井《しせい》の人々に耳を傾け、時に相手を尊重する姿勢を見せる様子も好ましい。だが、世の中すべての権力者がそのようなタイプとは限らない。ままならない問題がある時に強いリーダーシップに頼りたくなる気持ちは多くの人の中にあるかもしれないが、しかしそれでも、一人の人間に権力が集中する社会システムは健全であるといえるのか？　それを問うのが第四部だ。ここで描かれるのは民衆の暮らしを顧みない王に対するクーデターであり、計略者たちの計画は民主主義への移行を予感させるものになっている。では、トコシュヌコが変化を迎えようとする一方、弓貴はどうか。こちらに戻った空人が直面する事態はまた、権力の一極集中だからこその難しさを提示している。つまり冒険に満ちた本作に通底しているのは、国を治めることとはどういうことか、というテーマなのである。そこで思い出したのが、冒頭に記した著者の言葉というわけだ。トコシュヌコと弓貴という異なるタイプの統治者、異なる慣習や風土を持つ国で、権力を行使する側、あるいは権力者に対峙《たいじ》する側として空人＝ソナンがどう立ち振る舞うかが、その局面ごとに生々しく描かれていく。

「人生はやり直しができるのか」ということも本作の大きなテーマだろう。新たな人生を前向きに送っていた空人に、ソナンだった頃の因縁が襲い掛かってくるという、非常に厳しい展開だ。実際、現実世界では取返しのつかないことをした後で、それをまったくなかったことにして生きられる可能性は低い。過去がどうしても取り消せない時、人はそれにどう落とし前をつけるのか、その後をどう生きるのか。本作から伝わってくるのは、人生はリセットはできないが、リスタートはできる、ということ。

なんといっても身近に感じさせるのはソナン＝空人の人間味あるキャラクター。思慮が浅く、軽はずみなところはあるが、どこか憎めず、次第に改心し、処世術を身に着けていく姿は応援したくなる。力ずくで正義を貫き通すのでなく、時に辛抱強く交渉し、時にへりくだる姿勢も見せる様子は、まどろっこしく、小賢《こざか》しく思える時もあるかもしれない。しかしだからこそ現実味があり、理想や目的を果たすための懸命さが伝わってくる。

登場人物は非常に多いが、みなそれぞれに個性を光らせている。弓貴の人たちは名前に人柄の特徴が現れているなど分かりやすさへの配慮もありがたい。そのなかで、たとえば星人《ほしんと》などは空人を敵対視しているが、きちんと彼を客観的に見てその人間性を見極めようとしているあたり、嫌なライバル的存在として終わらせていないのも魅力。また、男性中心社会ではあるが、七の姫、つまりナナが都合のよい糟糠《そうこう》の妻として消費されていない点にも好感をおぼえる。村人が鬼絹の機織《はたお》り技術を学ぶ際には自ら機織り場に長期滞在し、さらには代王として単身他国にやってくる度胸と行動力の持ち主だ。空人との結婚は一方的に決められたものではあるが、後に彼女の本音が明かされる点も作者の配慮だろう。また、ツナンの母親は自由闊達《かったつ》な人柄だが、根深い階級社会のなか低い身分とされながらも、大らかにたくましく生きている様子は頼もしくもある。

もちろん、この世界の構築の見事さはいわずもがな。全体の世界地図像、各国の風土、風俗、食文化、政治体系――。そうした要素が緻密《ちみつ》に設定され描写されているからこそ、そのなかで動く人間たちに血肉が与えられているのだ。

著者の沢村凜は、無人の惑星に船が漂着して起きた出来事から正義を問う展開となる『リフレイン』（現・角川文庫）が一九九一年に第三回日本ファンタジーノベル大賞の最終候補となり、翌年それが単行本化されて作家デビュー。その後、南の小国に学術調査に訪れた女性がゲリラの頭目の青年と出会う『ヤンのいた島』（同）で一九九八年に日本ファンタジーノベル大賞優秀賞を受賞している。理想に燃える平民出身の軍人青年を主人公とした『瞳《ひとみ》の中の大河』（同）、長年にわたり争ってきた氏族の王同士が「共闘」という困難な道を目指す『黄金の王　白銀の王』（同）など骨太の異世界ファンタジーを発表する一方、労働基準監督官が主人公の『ディーセント・ワーク・ガーディアン』（双葉文庫）や、青年と近所の主婦が猫が絡《から》む事件ばかりを追う連作ミステリ『猫が足りない』（同）など、さまざまな作風の小説を発表している。この「ソナンと空人」は著者の六年ぶりの新作だが、全四巻という分量と内容の濃密さから考えれば、それくらい待たされて当然だろう。間違いなく、著者の新たな代表作である。

（令和二年九月、ライター）

本書は新潮文庫のために書き下ろされた。

朱《あか》く照《て》る丘《おか》

—ソナンと空人4—

新潮文庫　さ-93-4

令和二年十一月一日発行

著者　沢《さわ》村《むら》凜《りん》

発行者　佐藤隆信

発行所　株式会社新潮社

郵便番号　一六二—八七一一
東京都新宿区矢来町七一
電話 編集部(〇三)三二六六—五四四〇
読者係(〇三)三二六六—五一一一
https://www.shinchosha.co.jp

価格はカバーに表示してあります。

乱丁・落丁本は、ご面倒ですが小社読者係宛ご送付ください。送料小社負担にてお取替えいたします。

印刷・株式会社光邦　製本・株式会社大進堂

ISBN978-4-10-102334-2 C0193